KB055958

그
환자

The PATIENT

그
환자

The PATIENT

재스퍼 드윗Jasper DeWitt 지음

서은원 옮김

시월이일

본 원고는 전문 의료진을 대상으로 한 웹 포럼이었다가 2012년 오프라인 형태로 전환되면서 폐쇄된 MDconfessions.com에 '나는 어쩌다 의학을 포기할 뻔했는가'라는 제목으로 게재되었다. 원작자가 필명으로 쓴 데다 신원이 드러날 수 있는 내용은 세세한 부분까지 바꿔놓은 바람에 작가의 정체라든가 여타 등장인물이 누구인지는 알아내려 해도 알 수가 없었다.

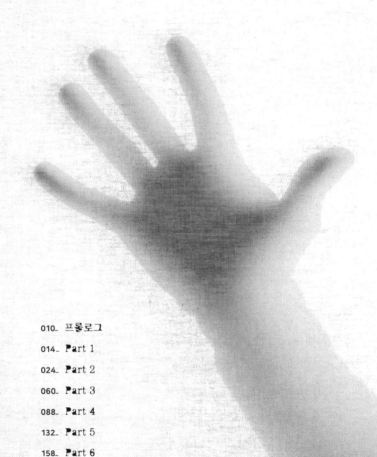

목차

프롤로그

내가 엄청난 비밀을 알고 있는 건지 아니면 나 자신이 미쳐버린 건지 현재로서는 확신이 서지 않아 이 글을 쓴다. 이런 상태로 계속 정신과 의사로 일한다는 것은, 분명 윤리적으로나 사업적인 관점에서도 좋지 않은 일일 것이다. 하지만 맹세컨대 나는 미치지 않았다. 그러니 이런 일이 가능하다고 조금이나마 믿어줄 수 있는 여러분에게 이 이야기를 풀어보고자 한다. 내게 이 일은 인류에 대한 책임의 문제이다.

이야기를 시작하기에 앞서, 여기 등장하는 이름과 장소를 구체적으로 거론하면 좋겠지만 나도 의사 생활을 계속해야 하는 형편이라 아무리 특이한 경우라 해도 환자의 비밀을 누설하고 다니는 인물로 블랙리스트에 오를 순 없다. 따라서 이야기에 언급된 일들은 사실이지만, 의사 경력에 흠이 생기지 않으면서 독자들의 안전도 지키도록 이름과 장소는 실명을 사용하지 않겠다.

Part 1

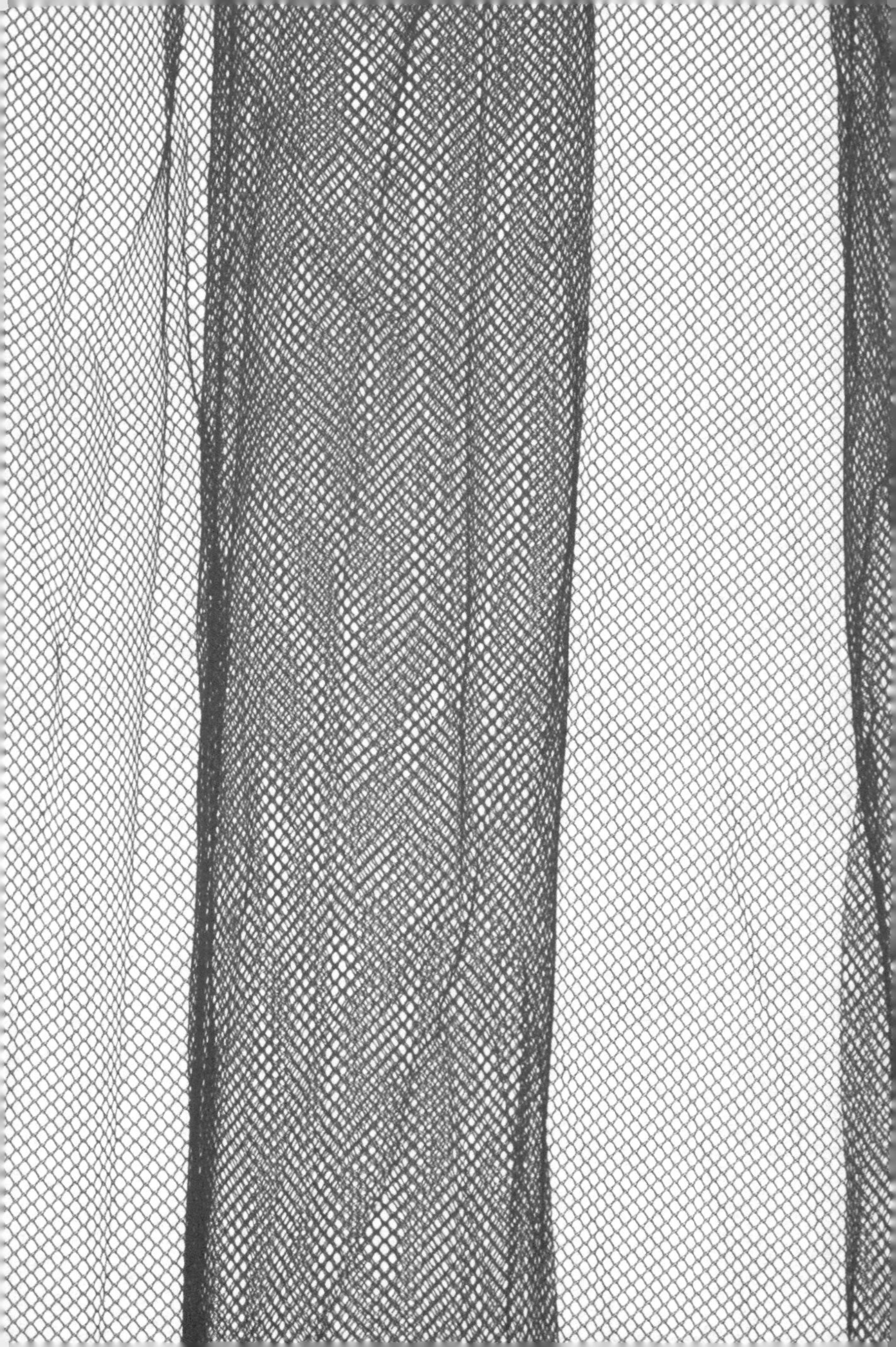

구체적으로 밝힐 수 있는 건 많지 않다. 먼저 2000년대 초 미국의 어느 주립 정신병원에서 일어난 이야기라는 거다. 당시 내 약혼녀 조슬린은 영특하고 성실한 데다 빼어난 미모까지 겸비한 금수저 집안의 딸로, 셰익스피어 연구로 박사 과정을 밟고 있는 학생이었다. 그녀는 《리어왕》에 등장하는 여성주의에 관한 박사 논문 준비로 정신없는 나날을 보내고 있었고, 나는 조슬린이 논문을 완성하고 졸업할 때까지 그녀 곁에 가능한 한 가까이 머물고 싶어 그녀의 집 근처인 코네티컷 주에 있는 병원만 면접을 보기로 마음먹고 있었다.

물론 선배와 교수님들은 내 진로에 관해 단호한 태도를 보였다. 잘 알려지지 않고 재정도 열악한 병원 자리는 나처럼 명망 있는 의대를 졸업해 혹독한 레지던트 수련까지 마친 유망한 의사가 아닌, 변변치 않은 지방 출신이나 가는 곳이었다.

하지만 의사로서 내게 병원의 규모나 재정은 아무 상관이 없었다. 오히려 어렸을 적 어머니가 망상형 조현병으로 정신병원에 수용된 후 정신의학계의 추악한 면을 목격한 터라, 높은 지위에 안주하기보다 의학이 제 기능을 발휘하지 못하는 곳을 개선해 나가는 데 훨씬 관심이 있었다.

하지만 아무리 형편없는 병원이라도 일자리를 얻으려면 추천서를 써줄 사람이 필요했다. 그건 교수들의 편견이 내 의사 결정에 지대한 영향을 미친다는 의미이기도 했다. 고심 끝에 나는 소위 잘나가는 교수님들 대신 꽤나 괴팍한 성격으로 학생들과는 거리가 먼 교수님께 추천서를 부탁했다. 그는 마침 의대 재학 시절부터 코네티컷 주의 작은 주립 정신병원 병원장과 알고 지낸 사이였다. 그분 말씀이 병원장인 그녀 정도의 학벌인 사람 밑에서 일하면 그나마 나쁜 습관을 익힐 일은 없을 거라며, 어쩌면 두 사람의 '지나친 정의감'도 서로에게 어울릴 거라고 했다. 나도 그 의견에 흔쾌히 동의했다. 단순히 추천서가 필요하기도 했거니와 교수가 소개해 준 병원이 코네티컷 주 의료계에서 가장 재정이 부족하고 비참한 상황이라 내 마음에 쏙 들었기 때문이다(소송을 피하고자 이 음산하고 조그만 병원을 코네티컷 주립 정신병원이라고 부르겠다).

그 환자

만약 내가 철저한 이성주의자가 아니었다면, 면접을 보러 병원까지 가는 길의 분위기를 일종의 경고로 받아들였을 것이다. 여러분이 한 번이라도 뉴잉글랜드의 봄을 겪어봤다면 예고도 없이 험악하게 바뀌는 날씨에 대해 잘 알 것이다. 그런데 그날은 뉴잉글랜드 날씨 치고도 궂은 날이었다. 바람이 나무 사이로 괴성을 지르며 황소처럼 맹렬하게 돌진하더니 차체를 수차례 들이받았다. 자동차 앞 유리에는 빗줄기가 억수같이 쏟아졌다. 와이퍼로 빗물을 걷어낼 때마다 겨우 반쯤 보이는 길은 대로라기보다 연옥죽은 사람의 영혼이 천국에 들어가기 전에 남은 죄를 씻기 위하여 불로써 단련 받는 곳으로 가는 길 같았다. 도로까지 퍼진 안개는 으슥한 시골길을 갈 테면 가보라는 듯 적막하고 기분 나쁜 덩굴손을 뻗으며 대기를 가득 메웠다.

얼마쯤 갔을까. 안개 속에서 출구 표지판이 불쑥 나타났다. 나는 표지판을 따라 도로를 벗어나 박무가 뒤덮인 복잡하고 음산한 샛길 중 첫 번째 길을 향해 차를 몰았다. 그나마 미리 지도를 출력해 오지 않았더라면, 구불구불한 산길을 헤매며 병원이 위치한 구릉 지대를 찾는 데 몇 시간은 허비했을 것이다.

그러나 여기까지는 병원 단지를 처음 마주했을 때 느낀 불안감에 비하면 아무것도 아니었다. 병원 단지는 자금난에 허덕이는 곳 치고 의외로 규모가 굉장히 컸다. 한때 위풍당당했을 시설들은 오랫동안 방치되어 흉물스럽게 변해 가는 중이었다. 관리가 안 된 담쟁이덩굴이 낡은 벽을 좀먹고, 붉은 벽돌은 색이 바래진 채 떨어져 바닥을 뒹굴고 있었다. 퇴락한 건물들을 줄지어 지나치면서 과연 이런 곳에 사람이 살 수 있는 건지, 일하는 사람들이 있기는 한 건지 좀처럼 상상할 수 없었다.

단지 중앙에는 여전히 운영을 하고 있는 유일한 건물이 주변에 버림받은 형제들을 왜소해 보이게 만든 채 서 있었다. 바로 병원 본관이었다. 비교적 제 기능을 하는 듯한 모습에도 묘하게 황폐한 느낌만은 지워지지 않는 거대한 붉은 벽돌 건물은 절망과 어둠을 더욱 깊게 드리우도록 설계된 듯 보였다. 곡선 하나 없이 각진 외관에 창문마다 창살이 달려 있었으며, 현관문으로 이어지는 희고 육중한 계단은 병원에서 유일하게 장식적인 곳이었지만 칠을 했다기보다 하얗게 표백한 것 같았다. 가만히 계단을 들여다보고 있으니 머릿속에서 살균제 냄새가 떠올라 코끝을 찔렀다.

그 환자

그때 이후 지금까지도 그토록 철저하게 엄격하고 음산한 외형으로 정신이 번쩍 들게 하는 건물은 본 적이 없다.

역설적으로 건물 내부는 간소해 보여도 놀랄 만큼 깨끗한 데다 관리가 잘 되어 있었다. 면접을 보러 왔다고 하니 따분한 표정의 접수창구 직원이 내게 꼭대기 층에 있는 병원장 사무실로 가라고 일러 주었다. 내가 탄 엘리베이터는 조용하게 올라가다가 별안간 2층에서 덜컹하고 멈췄다. 문이 서서히 열리자 간호사 세 명이 한 남자를 이동식 병상에 눕혀 둘러싸고 들어왔다. 남자는 줄에 묶여 있었지만 한눈에도 환자가 아니라는 걸 알 수 있었다. 그는 간호조무사 복장을 하고 있었다.

"이거 놔! 제발! 놓으라고!"

남자가 소리쳤다.

"그 자식과 아직 볼일이 남았단 말이야!"

간호사 두 명이 아무런 대꾸 없이 엘리베이터 안으로 병상을 밀자, 두 사람보다 나이가 들어 보이고 둥글게 말아 올린 검은 머리를 터무니없이 꽉 묶은 간호사가 따라 들어오더니 혀를 차며 3층 버튼을 눌렀다.

"이런, 이런, 그레이엄."

나이 든 간호사의 말투에서 아일랜드 억양이 어렴풋이 배어났다.

　"이번 달만 세 번째에요. 우리가 그 방에 가지 말라고 하지 않았나요?"

　나는 이들의 대화를 지켜보며 순진하게도 이 병원이야말로 내 지식과 보살핌이 진정으로 절실한 곳이라고 생각했다.

　　　　　　　　　　　　　　　　　그 환자

Part 2

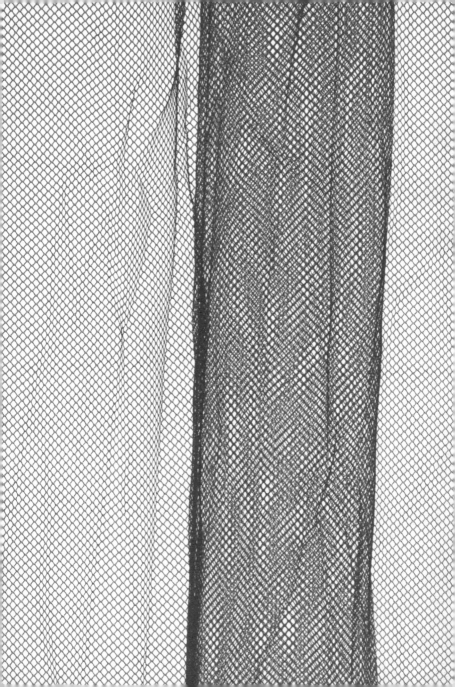

다들 알다시피 인력난에 시달리는 정신병원에서 일한다는 것은 흥미로우면서도 따분한 일이다. 주립 시설로서 우리는 병원에 오는 사람들을 모두 도와야 했는데, 대부분은 가벼운 증상을 호소하는 단기 치료 환자나 외래 환자였다. 주로 약물 남용과 중독, 기분 장애, 특히 우울증과 불안 관련 문제들이었고, 조현병과 정신병을 비롯해 식이 장애를 앓고 있는 환자도 몇 있었다. 일반적으로 이들은 외래 진료만으로도 병세가 상당히 호전됐지만 충분한 수준은 아니었다.

장기 치료가 필요한 환자들은 보험회사 측에서 거부하는 경우가 많아 개인이 비용을 부담해야 하므로 상대적으로 저렴한 주립 병원을 찾기 마련이다. 따라서 주립 병원이라면 필히 장기 치료 병동을 마련해야만 한다. 열악하긴 하지만 이 병원에도 장기 치료 병동이 하나 있기는 했다.

장기 치료 병동에서는 세상을 블랙 코미디 같은 시선으로 보는 사람들과 만날 수 있다. 예를 들어 내가 돌보던 환자 한 명은 어떤 명문대 동아리가 거인처럼 몸집이 커다란 식인 괴물을 동네 식당 지하실에서 기르고 있는데, 그들이 자기 애인을 먹이로 주었다고 믿었다. 사실 그는 정신 착란을 겪고 자기 손으로 애인을 살해했지만, 사실을 알려줘 봐야 도움이 될 리 없었다. 또 다른 환자는 만화 속 주인공이 자기를 사랑한다고 믿으며 작가를 스토킹하다 체포돼 치료를 받으러 오기도 했다.

당시 나이가 지긋한 신사 세 분도 계셨는데 각자 자신이 예수라고 믿는 분들이라 한 방에 모이기만 하면 서로에게 고함을 질러댔다. 그중 한 분은 신학에 조예가 깊은 신학대학 교수였다. 그는 나머지 두 사람에게 토마스 아퀴나스의 말을 닥치는 대로 인용하며 소리를 지르곤 했는데 그러면 본인의 주장이 더욱 그럴싸하게 들린다고 믿는 것 같았다. 정신과 의사로서 그분들의 상태는 우울할 정도로 절망적이었지만, 모르고 보면 재미난 광경이기는 했다. 이런 환자들을 겪으며 망상에 빠진 사람에게 굳이 현실을 일깨워 줄 필요가 없다는 걸 몇 개월 만에 어렵게 깨달았다. 치료에 별 도움도 안 되고, 말해봤자 환자들의 화만 돋우니 말이다.

이렇듯 정신 병동에는 이상한 사람들이 대부분이지만 모든 병원에는 꼭, 반드시, '그 환자'가 있기 마련이다. 정신 병원임을 감안하더라도 유독 이상한 환자. 아무리 경험이 풍부한 의사라도 두 손 두 발 다 들고 꺼리게 되는 인물 말이다. 그런 환자는 누가 봐도 제정신이 아니지만, 어쩌다 그렇게 됐는지 아무도 모르는 경우가 많다. 하지만 한 가지 분명한 건 어찌 됐든 그런 환자는 모른 척하는 게 상책이라는 사실이다. 괜한 호기심에 파헤치려 하다가는 멀쩡한 사람도 정신이 이상해질 테니까.

우리 병원에 있던 그 환자는 유독 특이했다. 먼저 어린아이일 때 병원에 보내진 데다 아무도 그의 병을 진단하지 못했는데도 어찌 된 영문인지 30년 넘게 병원에 수용돼 있었다. 그에게 이름이 있었지만 기억하는 사람은 없다고 했다. 이제는 굳이 그의 서류를 보려는 사람이 없기 때문이다. 사람들은 그 환자에 관해 말해야 할 때면 그를 '조'라고 불렀다.

조는 병실에서 나오는 법이 없었고 집단 치료에 참여하지 않는 데다 정신과나 치료실 직원과 개별적으로 만나는 일도 없었다. 게다가 거의 모든 직원이 조에게 가까이 가지 말라는 소리를 들었고, 말도 꺼내면 안 됐다. 듣자하니 조는 숙련된 전문의든 누구든 간에 사람을 만나면 상태가 악화됐다. 조와 정기적으로 만나는 사람은 침대보를 갈거나 식판을 수거하는 간호조무사 아니면 약을 복용하게 하는 간호사뿐이었다. 이들이 조의 병실에 들를 때면 대개 등골이 오싹할 만큼 정적이 흘렀고 담당 직원은 당장 술을 털어 마시겠다는 표정을 지으며 방을 나왔다. 나중에 알게 된 사실이지만 면접을 보던 날 병상에 묶여 있던 그레이엄이라는 조무사 역시 그날 조의 병실에서 막 나온 참이었다고 한다.

나는 새로 부임한 정신과 의사로서 조의 진료 기록부와 처방전을 열람해 보았지만 환자 정보가 거의 없었다. 서류철은 눈에 띄게 얇았고 지난해 자료만 포함되어 있었다. 심각한 환자라더니, 처방 역시 약효가 순한 항우울제와 진정제가 전부였다. 가장 이상했던 건 내게 열람이 허용된 기록부에는 환자가 누군지 식별할 수 있게 '조'라는 간단한 별명만 적혀 있고 본명이 빠져 있다는 것이었다.

나는 겸손을 모르는 젊고 야심 찬 의사였기에 이 수수께끼 같은 환자에게 매료되었고 그에 관한 얘기를 듣자마자 치료해보기로 마음먹었다. 병원 관계자들에게 이런 결심을 지나가듯 농담조로 말했더니, 역시나 다들 깜찍하고 치기 어린 열정으로 여기고 웃어넘겼다. 하지만 간호사 한 분에게는 조를 치료하고 싶은 마음을 진지하게 털어놓았는데, 바로 엘리베이터에서 조무사 그레이엄을 돌보던 나이 든 간호사, 네시였다.

네시에 관한 몇 가지 사실과 함께 어째서 내 계획을 유독 그녀에게 털어놓았는지 밝혀야겠다. 네시는 아일랜드 출신으로 70년대부터 이 병원에서 간호사로 근무했다. 엄밀히 말해 그녀는 수간호사였고 낮에만 근무했는데, 늘 주변에 있는 것 같다 보니 모르는 사람이 보면 그녀가 병원에 산다고 생각했을 것이다.

나를 비롯한 의사와 간호사는 네시 덕분에 굉장히 편안했다. 그건 그녀가 간호사뿐 아니라 조무사와 관리인까지 완벽하게 컨트롤했기 때문이었다. 네시는 어떤 문제가 일어나든지 현실적인 해결 방법을 아는 것 같았다. 노발대발하는 환자를 진정시켜야 할 때면 옅은 검은 머리를 군더더기 없이 말아 올린 네시가 수척한 얼굴로 예리한 초록 눈을 반짝이며 나타나곤 했다. 환자가 약을 먹기를 꺼리면 곧바로 네시가 나타나 달래 먹였다. 직원 중 한 명이 결근이라도 하는 날에는 언제나 네시가 그 자리를 메웠다. 만약 병원 전체가 불에 탄다면 건축가에게 원래대로 짓는 방법을 알려줄 사람도 틀림없이 네시였을 것이다. 병원에서 일이 어떻게 돌아가는지 알고 싶거나 어떤 식의 조언이라도 필요하면 다들 네시와 상의했다. 이것만으로도 내가 다소 순진한 포부를 안고 그녀에게 다가가 말을 건넬 이유가 충분했지만, 지금껏 말한 것 외에 다른 이유가 하나 더 있었다. 그건 바로 그녀가 조에게 투약 업무를 해온 간호사이고, 따라서 조와 어떤 식으로든 정기적으로 의사소통하는 몇 안 되는 사람이었기 때문이다.

그날 네시와 나눈 대화를 똑똑히 기억한다. 그녀는 오랜만에 머리를 풀고 병원 구내식당에 앉아 커피를 마시고 있었다. 예민할수록 머리를 단단하게 묶어 올리는 그녀였기에 머리를 내렸다는 건 내가 알아볼 만큼 긴장을 풀고 있다는 뜻이었다. 나는 커피를 한 잔 내린 뒤 네시의 맞은편에 앉았다. 그녀가 나를 알아보더니 좀처럼 보기 힘든 천진난만한 미소로 고개를 끄덕이며 인사했다.

"어서 와요, 파커. 그래, 우리 천재 의사 선생님께서는 어떻게 지내나요?"

그녀의 목소리는 어렴풋이 아일랜드 억양이 배어 있어 훨씬 편안하게 들렸다. 나는 미소로 답했다.

"죽고 싶죠, 뭐."

"오 저런."

그녀가 걱정하는 투로 말했다.

"그럼, 항우울제라도 좀 처방해 드릴까요?"

"아, 그런 거 아니에요."

나는 웃었다.

"제가 죽고 싶다고 말한 건 남들이 어리석다고 할 일을 하려고 하기 때문이에요."

"그래, 어리석은 일이라 병동에서 제일 늙은 바보한테 와서 말을 붙이는 거군요. 이제 알겠어요."

"그런 뜻이 아니라고요!"

"알겠어요, 젊은이. 진정해요."

그녀가 침착하라는 몸짓으로 말했다.

"그래, 무슨 사고를 치려고 하나요?"

나는 음모라도 꾸미듯 몸을 앞으로 기울인 다음, 잠시 뜸을 들였다 말했다.

"조를 치료해보고 싶어요."

내 말을 들으려고 같이 몸을 기울인 네시가 뭔가에 쏘이기라도 한 듯 몸을 뒤로 확 젖혔다. 커피가 든 종이컵이 바닥에 떨어지면서 철벅하는 소리가 났다. 그녀가 반사적으로 가슴에 십자가를 그었다.

"맙소사."

별안간 그녀가 완벽한 아일랜드 억양을 구사하며 나직이 말했다.

"농담으로라도 그런 말은 입에 담지 말아요. 지금 한 말은 못들은 걸로 하죠."

"농담하는 거 아니에요. 네시, 전 정말로…"

"아니, 그건 미친 농담이었어야 해요. 정신이 나가지 않고 서야 그딴 말을 진심이라고 뱉을 수는 없어요."

네시의 초록빛 눈이 노여움에 불타고 있었지만 나를 향한 분노가 아니라는 걸 알 수 있었다. 그녀는 가까스로 새 끼를 위험에서 구한 어미 곰 같았다. 나는 네시의 팔에 살며시 손을 얹었다.

"미안해요, 네시. 놀라게 하려던 건 아니었어요."

그녀의 눈빛이 누그러졌지만 표정은 조금도 나아지지 않았다. 이제는 그저 초췌해 보일 뿐이었다. 네시가 자기 손을 내 손에 포개어 얹었다.

"파커에게 화를 낸 건 아니에요."

그녀의 얼굴에서 두려움이 가시자 억양도 약해졌다.

"본인이 무슨 소릴 하고 있는지 전혀 모르잖아요. 어쨌든 모르는 게 상책이죠."

"왜죠? 조에게 무슨 문제가 있는 건가요?"

그녀가 대답하지 않을 것 같아 나는 말을 이었다.

"네시, 제가 과하게 똑똑하다는 거 아시잖아요. 제게 풀지 못할 수수께끼는 없어요."

그녀의 눈빛이 다시 굳어졌다.

"좋아요, 당신을 막을 수 있다면 왜 그런지 말해주죠. 약을 들고 매번… 조의 병실에 가야 할 때마다, 이 일을 하지 않으려면 차라리 내가 여기 입원하는 게 좋지 않을까라는 생각이 들어요. 때론 악몽 때문에 좀처럼 잠도 못 자죠. 그러니 아무 말 말고 내 말 믿어요, 파커. 본인 생각대로 그렇게 똑똑한 젊은이라면 조에게 가까이 가지 않겠죠. 그렇지 않으면 조와 함께 당신도 여기서 병원 신세를 지게 될지 몰라요. 우리 둘 다 그런 모습을 보고 싶지 않잖아요."

베일에 싸인 환자를 치료하려는 야심을 병원 직원에게 툭 터놓고 말한 건 그때가 마지막이었다. 네시의 충고가 헛되지 않았다고 말하면 좋겠지만 실제로는 내 호기심에 불을 지핀 꼴이었다. 네시와의 대화로 내게는 훨씬 좋은 명분이 생겼다. 내가 조를 치료한다면 네시든 혹은 그를 돌봐야 했던 다른 누구든 고통의 근원으로부터 벗어나게 될테니 말이다. 우선 조에 관한 기록을 찾아내 내가 진단할 수 있는지부터 알아봐야 했다.

여기까지 듣고 보면 내가 왜 환자 문제를 병원장에게 직

그 환자

접 이야기하지 않고 개인적으로 진료 기록을 찾으려 했는지 궁금할 것이다. 이 병원은 일개 신입 의사가 병원장을 직접 만나기 어려운 구조였다. 면접 때 엄청난 질문 공세를 퍼붓던 병원장 로즈는 그날 이후로 좀처럼 만날 수 없었다. 내 상사는 브루스라는 남자였는데, 유감스럽게도 나는 첫날 그와 만난 뒤 우리가 부딪칠 운명이라는 걸 알았다. 그는 언제나 잔뜩 지친 표정에 가슴이 떡 벌어진 덩치가 큰 사내였고, 머리는 빡빡 깎은 데다 턱수염은 또 어찌나 더부룩한지 수염 속에 벼룩의 사체라도 몇 개 숨어 있을 것 같았다. 고집불통에 지루해 보이는 가느다란 두 눈은 뚱한 성격을 그대로 드러내 복권에 당첨된다 해도 기뻐할지 의문스러울 정도였다. 브루스는 첫 만남부터 자신이 상급자임을 강조하며 사사건건 시비를 걸었다. 처음에는 그래도 상사이니 존중해야겠다고 마음먹었지만, 얼마 지나지 않아 그가 심하게 게으른 데다 환자가 무감각해질 때까지 약을 주는 것이 유일한 치료 방법이라는 걸 알고 무시하는 것이 낫겠다고 생각했다. 다행히 그가 내게 바라는 것 역시 살가운 후배 역할이 아니라 웬만하면 귀찮게 하지 않고 상사로서 나에 관해 어떤 이야기도 듣지 않도록 얌전히 있어

주는 것이었다. 당시 브루스는 매일 아침 전 직원이 참여하는 일반적인 팀 미팅에도 좀처럼 참석하지 않았다. 사무실 밖으로 나온 모습도 거의 볼 수 없다 보니 내 입장에서는 오히려 굉장히 자율적으로 일할 수 있었다.

그럼, 다시 조의 진료 기록을 찾아다닌 얘기로 돌아가 보자. 2000년 이전에 입원한 환자의 기록을 열람하려면 환자의 정확한 이름과 입원일을 알아야 했다. 그때만 해도 환자의 이름과 입원일 외에는 전산 처리를 하지 않았기 때문이다. 그것도 직접 할 수는 없고 기록물 관리 직원에게 해당 서류를 찾아서 갖다 달라고 부탁해야 했다. 조와 같이 이름과 입원일을 정확히 모를 경우에는 그 즈음의 기록을 다 뒤져야 하는데, 이론적으로 불가능한 일은 아니지만 다들 기록물 관리인에게 죽고 싶지 않으면 그런 부탁을 해서는 안 된다고 했다.

결국 나는 우연한 기회를 통해 해결책을 찾았다. 어쩌다 한 번 네시가 투약 근무자 명단을 두고 자리를 비운 사이에 슬쩍 자료를 훔쳐본 것이다. 운 좋게도 그 명단은 조의 전체 이름인 '조셉 E. M'이 유일하게 기재된 자료인 듯했다.

평일에 근무하는 기록물 관리인은 남 얘기하기를 좋아

그 환자

하고 정당하게 기록물을 확인해야 할 때도 매번 퉁명스럽게 굴던 친구라 나는 그를 피해 제리가 일하는 주말에 기록물실을 찾아갔다. 제리는 겉보기에 멀쩡해도 사실 알코올 중독자였다. 그는 순순하게 나를 안으로 들여보내며 어디로 가야 할지 알려 주었고, 혀가 꼬인 듯한 발음으로 "일 다 보시거든 망할 놈의 서류는 제자리에 갖다 놓으슈"라며 구부정하게 의자에 기대앉았다.

그리고 마침내 찾아냈다. 조셉 E. M은 1973년 여섯 살일 때 이 병원에 처음 입원해 지금까지 수용 중인 것으로 표기돼 있었다. 서류철은 꽤 오랫동안 아무도 열어보지 않았던 것처럼 먼지로 뒤덮여 있었고, 너무 두툼해서 터질 것만 같았다. 그러나 막상 서류를 열어 보자 겉보기와 다르게 보존 상태가 양호했다. 맨 앞장에 붙어 있는 흑백사진에는 금발의 사내아이가 눈을 휘둥그렇게 뜨고 야생 짐승처럼 빤히 카메라를 응시하고 있었다. 나는 사진을 보는 것만으로도 섬뜩해져 재빨리 임상 기록으로 시선을 돌렸다.

지금까지 조의 병은 진단조차 되지 않았다고 알고 있었는데, 문서를 읽다 보니 소문이 잘못되었다는 걸 알게 되었다. 진단이 없었던 게 아니었다. 두 번 진단을 했지만 조의 증상이 예측할 수 없게 돌변한 듯 보였다. 무엇보다 놀라웠던 건 조가 아주 초기에 한 번, 48시간만 입원하고 퇴원했었다는 기록이었다. 서류에는 당시 의사가 기록한 메모가 고스란히 남아 있었다.

-

1973년 6월 5일

조셉은 극심한 야경증에 시달리는 여섯 살 남자아이로, 자기 방 벽 안에 어떤 괴물이 사는데 밤에 나타나 놀라게 한다는 등 뚜렷한 환각 증세를 보임. 환자의 부모는 폭력적인 사건이 발생하자 아들을 병원에 데리고 왔으며, 그 일로 환자는 양팔에 타박상과 찰과상을 크게 입었음. 환자의 말로는 괴물의 발톱 때문에 생긴 상처라고 함. 자해 성향을 보여주는 걸 수도 있음.

처방: 트라조돈 50mg 및 기초 치료 일부 병행

-

1973년 6월 6일

조셉은 치료 시간에 협조적으로 임함. 벌레 공포증

그 환자

이 심하고 환청과 환시 증상도 있어 보임. 어젯밤에는 수면 장애를 겪지 않았는데, 그건 그저 '괴물이 여기 살지 않기 때문'이라고 함. 하지만 괴물이 환자의 마음 속 일부라는 소견을 제시하자 쉽게 받아들였고, 이는 보통의 유년기 시절 공포에 지나지 않는다는 걸 뜻함. 24시간 추가 관찰하고 환각 증세를 더 보이면 가볍게 항정신병 약물치료를 해야 한다고 보호자에게 권함. 조셉의 부모가 이를 수용함.

하마터면 나는 웃음을 터트릴 뻔했다. 그런 가벼운 증상으로 입원한 어린 환자가 이 병원의 골칫거리라니, 어처구니가 없었다. 이 병원 수준이 대체 어느 정도인거지? 김이 빠지긴 했지만 서류를 찾는 데 쏟은 수고를 생각하며 나머지 내용을 계속 읽어 나갔다. 조는 예정대로 24시간이 지나 퇴원했다. 서류에는 조와의 상담 내용을 녹음한 테이프의 관리 번호가 하나 있었는데, 나는 그 번호를 수첩에 신중히 적었다.

한 장 더 넘기자 조의 재입원 기록이 눈에 띄었다. 퇴원한 지 하루 만에 조가 다시 병원을 찾았고 이번에는 훨씬 더 심각한 증상을 보인 듯했다. 조가 처음 입원했을 때 의사들이 예측한 낙관적인 전망은 완전히 빗나가고 말았다. 이날 입원한 뒤, 조는 두 번 다시 퇴원하지 못했다. 조의 두 번째 입원부터는 이렇게 적혀 있었다.

—

1973년 6월 8일

조셉은 여섯 살 남자아이로 며칠 전 야경증으로 입원한 적이 있음. 당시 진정제와 가장 기본적인 치료가 처방됨. 그때 이후 환자의 상태가 급격하게 변했음. 더는 벌레 공포증이나 환각 증세를 보이지 않음. 대신 언어습득 이전 단계로 퇴행한 것 같음.

환자가 전에 없이 폭력적이고 가학적인 성향을 강하게 드러냄. 병원 직원 여럿에게 폭행을 가해 말려야만 했음. 어린 나이에도 불구하고 신체 어느 부위가 가장 연약하고 고통에 민감한지 직감적으로 아는 것 같음. 특히 개개인의 상황에 따른 약점을 파악하여 공격하는 성향이 두드러짐. 일례로 정강이 수술을 받은 노간호사의 수술 부위를 걷어차 휠체어에 실려 나오게

그 환자

만들기도 함.

환자는 더 이상 치료에 협조적이지 않음. 말 대신 혀를 차거나 긁는 소리를 내고, 이제는 두 발로 걷지도 못함. 계속 폭력적이라 제지해야 했고, 상담 중 병원장을 공격하려다 쫓겨나기도 함.

—

1973년 6월 9일

조셉의 상태가 다시 변함. 간호사 애슐리가 '못된 꼬마 녀석이 엄청 발로 차네, 그러면 안 되지!'라고 하자 갑자기 환자의 말문이 트임. 간호사에게 '코가 길쭉한 예수 살인마Christ-killer, 유대인을 비하해 부르는 명칭', '멍청한 유대인 년' 따위로 부르며 욕설을 퍼부어 댐. 간호사가 심적으로 몹시 괴로워했고 이후 환자의 모욕으로 외상기억이 생겼다며 휴가를 신청함.

환자의 물리적 폭력과 폭언, 반사회적 행동은 그 나이 또래에 비해 지나치게 복잡한 반사회적 인격 장애의 한 형태를 보임. 개개인에 관한 통찰 역시 아직 설명할 수 없음.

–

1973년 6월 10일

조셉의 상태가 계속 악화됨. 검사를 하려고 데려왔
더니 지시를 따르는 대신 의사에게 폭언을 쏟아냄. '거
지 같은 주정뱅이', '고자 새끼', '계집애 토미' 등의 모욕
적인 말을 쏟아냈는데, 모두 본 의사가 정신적 고통이
심할 때 당하던 인신공격에 해당함. 환자에게 왜 그런
말을 했는지 물어봤지만 답변을 거부함. 이번엔 누가
환자를 그렇게 부른 적이 있었는지 물어봄. 여전히 대
답을 거부함. 왜 그런 식으로 사람들을 공격하는지 물
어봄. 환자는 자신이 '못된 꼬마'이므로 그래야 했다고
함. 못된 꼬마가 되지 않을 수 있는지 물어봄. 대답이
없음. 치료를 중단하고 돌려보냄.

개인적으로 한 가지 덧붙이자면, 환자와의 면담 이
후 겨우 끊었던 술을 다시 마심. 지금껏 겪었던 어떤
경험보다 모욕적이고 잔상이 오래 남음. 그러므로 다
른 의사가 이 환자를 맡아 주기 바람.

　　　　　　　　　　　　　　　　　　그 환자

조의 치료에 관한 내용은 그걸로 끝이었다. 보아하니 조를 면담한 사람들은 하나같이 넌더리를 내며 그만 뒀던 모양이다. 확실히 조의 증상이 처음 생각했던 것처럼 단순하지는 않은 것 같다. 그러나 아무리 인원이 부족한 병원이라 할지라도 조금 더 노력을 기울여야 했다. 같은 해에 남아 있는 기록은 직원들에게 조를 다른 사람들과 격리하라고 지시한 병원장의 짤막한 메모뿐이었다. 그로부터 4년간 아무런 기록도 존재하지 않았다.

조에 관한 기록은 1977년에 다시 시
작된다. 이번에는 항목마다 삭제된 부분이 있었는데, 원문
을 확인하려면 로즈를 찾아가라는 글이 앞에 적혀 있었다.
한편, 재정 지원이 줄자 병원은 어쩔 수 없이 환자들에게
병실을 같이 쓰도록 한 듯 보였다. 당시 병원장인 토머스
가 조를 자극하지 않을 만한 룸메이트를 찾아보라고 지시
한 메모가 눈에 띄었다. 하지만 직원들은 아무래도 병원장
의 지시를 제대로 이행하지 못한 것 같았다. 다음 메모 역
시 토머스가 쓴 것으로 내가 현 병원장으로 알고 있는 로
즈에게 보낸 것이었다. 거기에는 이렇게 쓰여 있었다.

—

1977년 11월 25일
  필립을 조의 방으로 옮긴 게 누구 아이디어였는지
모르겠지만, 그게 누구든 당장 잘라버리고 싶은 심정
이네. 심한 분노 조절 장애를 겪는 성인 남성과 남들
을 화나게 하려는 욕구가 강한 소년을 한 방에 넣어놨
으니 당연히 결과가 좋을 리 없지 않은가. 필립이 '쥐
방울만 한 괴물 새끼를 죽여버리겠다'며 조에게 달려들

그 환자

었다지? 이번 일로 조의 부모가 고소를 하겠다 해도 우리는 할 말이 없어. 조의 상태에 어떤 영향을 미칠지 모르겠지만 좋을 것 같지는 않군.

조는 이 일로 한쪽 팔이 부러지고 갈비뼈에 타박상을 입은 데다 뇌진탕에 두개골까지 금이 가 일반병원으로 이송되었다. 첫 번째 참사가 일어난 뒤, 조는 병원에 다시 돌아와 나이가 엇비슷한 환자와 짝이 지어졌다. 중증 자폐증 관련 문제로 입원한 여덟 살 소년이었다. 이번에는 결과가 훨씬 심각했다.

—

1977년 12월 12일

이런 사건이 계속 일어나면 보험회사는 물론 경찰에서도 우리를 의심할지 몰라. 불행 중 다행인 건 부검 결과 타살의 흔적이 발견되지 않았다는 거야. 하지만 부검 결과가 우리에게 책임이 없다는 걸 증명할 수 있다 하더라도, 이 케이스가 유능한 변호사의 손에 들어간다면 어떤 결과가 나올지 어떻게 장담하겠나? 대체

여덟 살 소년이 심장마비로 사망한 케이스를 들어나 봤는가 말이야.

담당 간호사와 연락해서 우리가 윔에게 잘못 처방한 약이 하나라도 있는지 확인하게.

조의 다음 룸메이트는 친부에 의한 성적 학대로 외상 후 스트레스 장애를 앓고 있는 여섯 살 소년이었다. 이 소년은 약간의 도발에도 폭력적으로 돌변하는 증상이 있었기 때문에, 병실 근처에서 간호사와 조무사가 주기적으로 두 아이들의 상태를 체크하도록 보호 명령이 추가되어 있었다. 공교롭게도 이러한 보호 조치 덕을 본 것은 그 소년이었다.

     –

1977년 12월 16일

어제 당번이었던 직원들 죄다 잘라버려. 현장을 적발한 조무사 바이런만 제외하고. 네이선의 치료는 자네가 직접 챙기게. 우선 타박상을 비롯한 직장 파열 등의 외과적인 치료를 할 수 있게 다른 시설로 보냈지만,

             그 환자

이전보다 강력한 정신과적 치료가 반드시 필요할 거야.

아 그리고, 그놈이 어떻게 그런 짓을 할 수 있었는지 알아내게. 만약 병원 직원 중 누군가 미성년 환자에게 성적인 이야기를 하고 다녔다면, 당장 징계위원회에 회부해야겠네. 간혹 10세 아동이, 특히 남자아이가 그런 충동을 느끼는 경우도 있다고는 보고되어 있지만. 그렇게… 구체적인 행위를 하는 경우는 극히 드무니까.

조가 다시는 그런 짓을 할 수 없게 교육하고 일주일간 독방에 구속해두게.

조의 마지막 룸메이트는 일반 정신 질환자 사이에서 뽑은 10대 필로폰 중독자로 편집성 인격 장애를 심하게 앓고 있는 인물이었다. 아마 조가 공격하려 해도 쉽게 제압할 수 있을 거라 생각해 고른 모양이었다. 게다가 혹시 모를 공격에 대비해 추가적인 예방책으로 서로를 해치지 못하도록 각자 침대에 결박해 두었다. 하지만 이러한 조치도 전혀 도움이 되지 않은 것 같았다.

—

1977년 12월 28일

먼저, 사람을 시켜 병상에 묶을 더 단단한 끈이 있는지 살펴보게. 간밤에 클로드에게 일어난 일과 지난 한 달 동안 벌어진 사건들 이후로 두 번 다시 병원에서 이런 일이 일어나지 않을 거라는 확신을 사람들에게 심어주어야 할 걸세. 그리고 조무사들에게도 병실을 한 번 더 점검해 보라고 하게나. 솔직히 그 친구들 설명은 못 믿겠거든. 클로드가 얼마나 심한 피해망상에 시달리고 있었건 간에, 그 방 안에 대체 무엇이 몇 겹이나 되는 가죽 끈들을 풀어뜯고 창밖으로 몸을 던질 만큼 그를 겁에 질리게 할 수 있단 말인가?

클로드에게 일시적인 아드레날린 과다 분비가 있었다 해도, 그 가죽 끈들을 입으로 끊어낼 수는 없네. 그런데 그것도 모자라서 창살이 쳐진 창문을 부숴서 열었다고? 창살 아니면 침대나 창문에 뭔가 문제가 있었던 게 분명하네.

어쨌든 그 애가 무슨 짓을 하기에 이런 사고가 연달아 일어나는지 알아내야만 하네. 자네가 믿을 만한

그 환자

조무사에게 내일 밤 동안 조의 병실에서 그를 감시하라고 하게. 조무사가 자기 몸을 지키는 데 필요하다는 물건은 뭐든 챙기도록 하고 말이야. 이번만큼은 조를 정신 이상 범죄자에 준해서 취급해야겠어. 비록 네이선 사건 외에는 무슨 일이 있었는지 입증할 수 있는게 많지 않지만 말이야. 그 빌어먹을 꼬마가 내는 숨소리 하나라도 녹음해서 내가 분석해야겠네.

서류에는 이러한 지시로 녹음된 테이프의 관리 번호가하나 더 있었다. 나는 그것 역시 수첩에 옮겨 적었다. 토머스가 조에 관해 보낸 마지막 서신에서 마침내 나는 왜 조가 이 병원의 '그 환자'가 되었는지 어느 정도 짐작할 수있었다. 이번에는 앞선 문서들과 달리 메모 형식이 아니었다. 직접 손으로 쓴 편지였는데 로즈가 기록에 추가하여보관한 것 같았다.

-

로즈에게
방금 프랭크와 얘기를 나눴네. 그 친구 상태를 보니

최소 한 달은 일하기 어려울 것 같더군. 그에게 유급 병가를 허락하고 시간을 주려 하네. 그 친구가 그렇게 된 건 내 책임이니까. 만약 한 달이 지나도 상태가 호전되지 않으면 책임지고 우리 병원에 입원시키는 방향으로 처리하게.

마침내 나는 결론을 내렸네. 조의 병이 무엇이든 간에 우리가 치료할 수 없는 게 확실해. 진단이 가능할 거란 생각도 들지 않는군. DSM정신 질환 진단 및 통계 편람에도 분명히 나와 있지 않네. 더군다나 조가 타인에게 미치는 영향을 보면 누가 그를 진단할 수 있을지조차 의심이 들어.

먼저 프랭크가 내게 한 말부터 얘기해 보자고. 그 친구 말로는 밤새도록 조가 자기를 향해 속삭이기만 했다는군. 그게 다라네. 하지만 그건 아이가 내는 평범한 목소리가 아니었다고 해. 어떻게 한 건지는 몰라도 조가 목구멍 뒤에서 거칠고 쉰 소리를 내 목소리를 바꾸고는 '우리가 함께 했던 일을 생각해보라'며, 마치 어디서 만난 적이 있는 것처럼 굴었다는 거야. 문제는 말일세, 로즈. 조가 프랭크에게 떠올리게 했던 게 뭔지

그 환자

아나? 프랭크가 어렸을 때 꾸었던 온갖 악몽이라네. 그가 말하길, 어릴 적 악몽을 꾸면 속삭이는 괴물에게 밤새 쫓겨 다니다가 결국 잡혀 먹히곤 했는데, 조의 목소리가 그 괴물의 목소리와 비슷했다는 거야.

기이한 일 아닌가. 그렇게 어린아이가 마흔 살 조무사가 어렸을 적 꾸던 꿈을 어찌 알겠나? 그래서 녹음 테이프를 유심히 들어보았지. 그런데 말이야, 아무리 생각해도 이 모든 게 프랭크의 착각이라고 밖에는 생각할 수가 없네. 녹음기 마이크의 볼륨이 최고로 되어 있었는데도 불구하고 아무런 소리도 녹음되지 않았거든. 더군다나 조가 병실 반대편에 시종일관 얌전히 있었기 때문에 프랭크에게 들릴 정도로 소리를 냈다면 분명 마이크에 잡혔을 거야. 프랭크의 귀에 대고 속삭이지 않는 한 소리가 녹음되는 걸 피할 수 없었을 텐데, 그건 당연히 불가능하지 않나.

더 이상한 건 긴 침묵이 끝나자 갑자기 프랭크가 거칠게 숨을 몰아쉬는 소리가 들리기 시작해. 호흡 패턴도 정상이 아니었어. 과호흡 상태처럼 들렸지. 사실상 공황 발작을 일으키는 것 같더군. 테이프를 돌려서 듣고 또 들어봤지만 다른 소리는 전혀 들리지 않았네.
그러니 난 프랭크의 이야기를 도통 이해할 수가 없네.

다만, 이번 사건을 비롯해 여러 가지 일들을 겪어 보
니 우리가 그를 치료할 수 없다는 것만은 확실히 알겠
더군. 조가 왜 저러는지 알려면 나보다 유능한 의사가
필요할 거야. 그런 의사가 이런 거지 같은 병원에 일하
러 온다는 행운이 따라준다면 말이지. 조는 죽을 때까
지 여기에 갇혀 있을지도 몰라. 하지만 우리가 할 수
있는 일은 아무것도 없어.

로즈, 자네도 언제가 병원장이 되겠지. 우리 둘 다
아는 사실이고, 이 문제에 관해 자네와 구체적으로 논
의한 적도 있지 않은가. 몇 년 전 사건을 만회하고 싶
은 유혹을 느낄 거라는 것 또한 잘 알고 있네. 제발 그
러지 말게. 자네마저 미쳐버리도록 둘 수 없네. 내가
떠난 후에도 그냥 이곳에 그를 가둬두고, 조의 부모에
게는 병원비를 받고 필요한 이야기만 전해주게나. 그
들은 조의 입원비를 평생 댈 수 있을 정도의 재력가거
든. 만약 조의 부모가 가난해지더라도 병원의 남는 예
산을 찾아보거나 아무 빈 병실이나 준비해 끝까지 조

그 환자

를 수용해두길 바라네. 단지 병원에서 못 고친다는 이
유만으로 그가 바깥세상에 나가 문제를 일으킨다면,
나는 죄책감으로 인해 제대로 살 수 없을 걸세. 약속
해 주게, 로즈.

토머스

토머스의 편지 뒤에는 앞으로 조에 대한 모든 치료가
중단될 거라는 공문만 남아 있었다. 문서에 따르면 조는
병실을 혼자 쓰게 됐지만 그 대가로 하루 24시간, 일주일
에 7일을 방안에 갇혀 있어야 했다. 선별된 소수 조무사만
침대보를 갈거나 식사를 갖다 주러 병실 출입이 허용됐고,
가장 노련한 간호사가 조의 투약 업무를 맡게 됐다. 게다
가 전 직원에게는 조의 곁에 가지 말라는 권고가 내려졌다.
혹 조에 대해 알고 싶은 사람이 나타나더라도 기록을 찾
을 수 없도록 그의 이름은 약칭으로만 부를 것이 명시되어
있었다. 간단히 말해 내가 이 병원에 온 뒤로 지금까지 목
격한 그 자체였다.

이 기록을 보기 전까지 조에 대한 관심이 호기심 수준이었다면, 이제는 완전히 집착하게 되어 버렸다. 정신의학 역사상 진단된 적 없는, DSM에도 기재된 적 없는 완벽히 새로운 질병을 내가 발견하게 될 수도 있는 것 아닌가! 더군다나 최초 발병자가 우리 병원에 있다니, 이 병원을 택한 것이 마치 하늘의 뜻처럼 느껴졌다. 이제 할 일은 하나였다. 서류에서 봤던 녹음테이프들을 들어보는 것.

나는 즉시 기록물 관리인에게 돌아가 파일에서 베낀 관리 번호를 제시하며 관련 기록 열람을 요청했다. 바로 찾을 수 있을 거라는 기대와 달리, 관리인은 컴퓨터에 번호를 입력하고 나서 당혹스러운 듯 이맛살을 찌푸리더니 아무 말 없이 기록실로 들어갔다. 십여 분 정도 지났을까. 그가 이해할 수 없다는 표정으로 돌아왔다.

"이 번호로 된 자료는 없수다, 선생. 제대로 받아 적은 거 맞소?"

나는 정확하게 옮겨 적었다고 확신했지만, 굳이 다시 확인하겠답시고 기록실로 되돌아가서 내가 무슨 자료를 찾고 있었는지 관리인에게 들킬 위험을 무릅쓸 필요는 없었

그 환자

다. 더욱이 녹음테이프가 기록실에 있었다고 해도 병원에서 가장 골칫거리인 환자와 관련된 자료라면 파쇄됐거나 다른 곳으로 이관됐을 가능성도 있었다. 나는 피곤한 척 미소를 지으며 고개를 절레절레 흔들었다.

"누가 저한테 장난을 쳤나보네요. 시간 낭비하게 해서 죄송합니다."

나는 기록실에서 나와 조용히 병원을 빠져나왔다. 이 주제에 대해서 누군가와 논의하기 전에 조금 전에 읽은 내용을 곰곰이 생각해 볼 시간이 필요했다. 기억력이 좋은 편이기는 하지만 추후 분석이 필요할 때를 대비해 가능한 한 내용을 구체적으로 기록해 놓는 것이 좋을 것 같았다. 집으로 향하던 차를 돌려 일단 눈에 보이는 근처 카페에 들러 아무 종이에다 기억나는 내용을 급히 써내려갔다. 이 당시 기록들이 앞서 조의 서류를 재현하는 토대가 되었다.

기록을 정리하며 차근차근 되짚어보니, 초반에 조의 병은 일종의 공감 문제에 근거한 정신병에서 비롯된 게 분명해 보였다. 조가 단순히 마구잡이식으로 상대를 열 받게 하는 못된 꼬마였다면 반사회적 인격 장애의 전형적인 환자로 진단하기 쉬웠을 것이다. 그러나 첫 번째 룸메이트 손에 겪었던 뇌진탕으로 악화된 건지, 이후에 나타난 문제 행동들은 방향도 서로 다른 데다 점점 극단으로 치닫는 듯했다. 조가 사람들로 하여금 자살을 유도했거나 강간의 의미도 모르면서 소년을 강간하려 했다면, 확실히 정서적 공감 능력타인의 감정을 공유하는 능력은 거의 없다는 것을 의미한다. 하지만 반대로 상대의 감정을 인식하는 능력인 인지적 공감 능력은 믿기 어려울 정도로 뛰어났다. 거의 초인적 수준에 가까웠다. 다른 사람이 불안해하는 대상을 알아볼 뿐 아니라 고통을 극대화하려면 그걸 어떻게 이용해야 할지를 한 치의 오차 없이 정확하게 예측했다. 고작 열 살짜리 아이가 말이다. 이는 숙달된 CIA 요원에게서나 볼 수 있는 종류의 기술이지, 어린아이가 자연스럽게 익힐 만한 건 아니다.

더욱이 이해가 안 되는 것은 첫 번째 룸메이트와의 참사 직후 일어난 전술적 변화였다. 수많은 진료 기록에 따르면 그전까지 조가 선호하던 방식은 상대에게 분노나 자기혐오를 유발하는 것이었다. 하지만 첫 사고 이후 곧바로 조는 심한 공포를 일으키는 쪽으로 방식을 바꿨다. 왜 이렇게 갑자기 변한 걸까? 무엇이 조의 증상을 바꾼 거지? 게

그 환자

다가 애초에 공포심을 유발한 게 조였다고 장담할 수 있을까? 백번 양보해서 그가 피해자들로 하여금 그런 공포를 느끼도록 했다고 치더라도, 조무사가 조와 밤을 보내며 녹음한 테이프에 아무 소리도 들리지 않았다는 건 어떻게 된 거지?

조의 서류를 본 이후 이 수수께끼 같은 환자를 직접 만나보는 것 외에는 결코 답을 찾을 길이 없다는 생각이 확고해졌다. 브루스는 내 얘기를 듣지 않을 테니 어떻게 상사를 건너뛰고 일을 처리할지부터 곰곰이 생각해야 했다. 그는 신입 직원 교육의 일환으로 내게 구내 견학을 시켜주면서도 조가 있는 병실은 일부러 피해 갔다. 내가 어떤 곳이냐고 묻자, 본인 환자에게나 신경 쓰라며 괜히 성을 내고는 다 들리게 중얼거렸다.

"누구든 지가 치료할 수 있다고 생각하나보지?"

그런 그에게 협조를 구하는 건 생각만 해도 끔찍한 일이다. 브루스를 건너뛰고 병원장을 만날 수 있다면 어떨까? 아니, 그 전에 병원장은 어떤 사람일까? 조에 관해 어떻게 생각할까? 병원에 가면 병원장에 관해 먼저 알아봐야겠다고 다짐하며 그날 밤은 겨우 잠에 들었다.

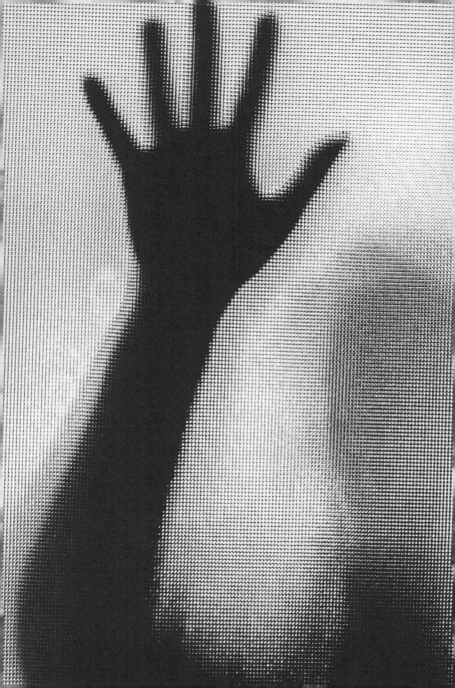

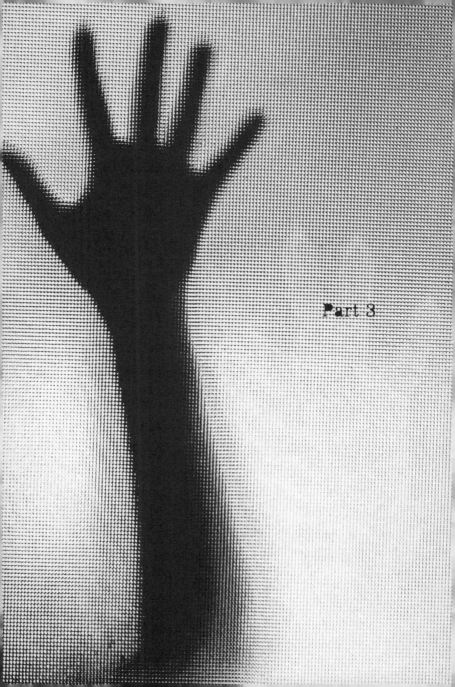

Part 3

다음 날 병원에 도착하자 예상치 못한 일이 일어나고 있었다. 한 무리의 사람들이 본관 입구 주변에 모여 있었는데, 그중에는 경찰과 기자도 섞여 있었다. 무슨 일인지 알아보고자 곧바로 사람들을 헤집고 앞으로 나아갔지만, 사체주머니를 들것에 실어 호송차에 옮기는 모습밖에 볼 수 없었다. 불안해진 나는 혹시 아는 얼굴이 있는지 사람들을 훑어보았고 같은 병동에서 일하는 조무사 한 명을 발견했다. 나는 그에게 다가가 무슨 일인지 물었다.

"네시가 죽었어요."

그의 목소리는 수백만 마일이나 떨어진 것처럼 힘없이 들렸다.

"어젯밤 병실 순회를 마치고 옥상에서 뛰어내렸대요. 이유야 아무도 모르지만, 어떤 환자 말로는 네시가… 그러니까, 그 환자의 병실에서 나온 직후에 그랬대요."

상대 못지않게 충격을 받은 나는 그에게 한쪽 팔을 뻗으며 남들도 똑같은 심정이라고 안심시키듯 뻣뻣하게 안았다. 그는 꼼짝도 안 했다. 아직도 충격이 가시지 않은 모양이었다.

네시의 죽음은 내게 엄청난 충격이었다. 솔직히 그럴 수밖에 없었다. 병원에 근무한 지 얼마 되지는 않았지만, 앞으로 몇 년 동안 사람들이 네시 같은 간호사를 잃은 걸 안타깝게 여기리라는 것은 알 수 있었다. 대부분의 업무량을 혼자 감당해오던 네시가 사라지자 내가 일하던 병동은 누가 봐도 제 기능을 발휘하지 못했다. 경찰도 도움이 되지 않았다. 오히려 경찰이 직원들을 일일이 신문하는 바람에 업무 속도가 훨씬 느려졌고 살인 사건에 관한 불편한 의혹들만 커졌다.

병동 질서를 유지하기 위해 브루스는 어쩔 수 없이 앞에 나서서 상황을 통제해야 했다. 그가 의욕적으로 처음 한 일은 고함을 지르며 환자들과의 상담에 시간 낭비하지 말고 그냥 약 먹여서 조용히 시키라는 거였다. 집단 치료의 목적이 환자와 얘기를 나누는 건데도 말이다. 쉽게 주눅이 드는 의사라면 순순히 그의 말을 따랐을 테지만, 나는 받아들이지 않았다. 도리어 브루스에게 내 치료 방법이 효과가 없다고 생각하면 환자를 찾아가 보라고 받아쳤다. 그는 여기에 차마 적고 싶지 않은 말로 불같이 화를 내며 환자 기록을 신경질적으로 살펴보기 시작했고, 결국 내가 보

그 환자

살핀 환자들이 적절한 처방을 받아왔고 속을 터놓고 말하는 치료가 효과를 보고 있다는 걸 알고 잠잠해졌다.

"영 돌팔이는 아닌가 보군."

그가 험상궂게 말했다.

"근데 네시의 부재로 여기 직원들은 자기 몫보다 더 열심히 일해야 하거든. 자네 방식으로 제 몫을 다해내지 못한다면 그땐 다른 일자리를 알아봐야 할 거야."

브루스의 생각은 틀리지 않았다. '자기 몫보다 더 열심히 일해야 한다'는 것도, 내 용기가 꽤 성가시다는 것도. 나는 브루스의 업무 부담을 덜어주겠다는 명목으로 현재 우리 병동에서 관리하고 있는 환자의 중증도를 세세하게 분류하고, 추가로 맡고 싶은 환자 명단을 작성했다. 거기에는 심각한 우울증을 앓고 있는 환자 두 명의 이름과 함께 '조셉 E.M'이라는 이름도 포함되어 있었다.

이튿날 나는 병원에 일찍 도착해 아직 브루스가 출근하지 않은 걸 확인하고 그의 사무실 문 아래로 환자 명단이 든 서류 봉투를 밀어 넣었다. 두 시간이 지나 브루스가 평소처럼 허세와 불만이 가득한 모습으로 병원에 도착했고, 다른 직원들을 거들떠보지도 않은 채 사무실 문을 열고 성큼성큼 안으로 들어갔다. 버스럭거리는 소리가 나자 그가 잠시 주춤하더니 뭔가를 줍기 위해 바닥에 손을 뻗었다. 나는 서둘러 자리를 피해 중요한 서류를 검토하는 척하며 브루스의 반응에 신경을 집중했다. 그가 어떻게 나오든 간에 잠깐이라도 시간을 주고 그다음 내가….

"이런 미친, 파커!"

브루스의 걸걸한 목소리가 복도에 쩌렁쩌렁 울렸다. 이런, 아무래도 일이 재미있어지겠는 걸. 성난 발소리가 내 사무실 쪽으로 다가오더니 마침내 문을 열고 들어온 브루스가 붉으락푸르락하는 얼굴로 소리쳤다.

"내 방으로 와, 이 멍청한 새끼! 지금 당장!"

나는 침착함을 잃지 않으려고 애쓰며 서 있다가 그의 뒤를 따라갔다. 손에서 땀이 배어 나오고 있었다. 나는 두 손을 꽉 쥐고 최대한 평온한 표정을 지으며 브루스의 맞은 편에 앉았다. 브루스는 내가 작성한 환자 명단을 집어 내동댕이치다시피 책상에 던졌다.

"이게 뭔가?"

그가 퉁퉁한 손가락으로 '조셉 E.M'이라는 이름을 가리키며 물었다.

　　　　　　　　　　　　　　　그 환자

"대체 이게 뭐냐고?!"

나는 어깨를 으쓱했다.

"업무량을 늘리라고 하셨잖아요. 힘 좀 보태려고요."

평정심을 유지하려는 브루스의 호흡이 격렬해졌다.

"어떻게 이 이름을 알았지? 병원에 이런 환자가 있다고 누가 말했어? 이게 누군지 알기나 해?"

"그럼요, 잘 알죠. 네시에게 들었어요."

따지고 보면 맞는 말이었다. 네시라는 말에 브루스가 가늘게 눈을 뜨며 노려보았다.

"이 환자에 대해 좀 아나?"

"물론이죠, 그래서 치료하고 싶어요."

"안 돼, 절대 안 돼. 앞으로도 마찬가지야. 넌 그 환자에 대해 아무것도 몰라. 본인이 잘났다는 걸 보여주고 싶은 모양인데 너무 멀리 갔어, 파커. 이제부터 네가 어떻게 해야 하는지 똑똑히 말해주지. 지금 당장 이 사무실을 나가서 두 번 다시 그 이름을 입에 올릴 생각도 하지 마. 죽을 때까지. 그렇지 않으면 내가 직접 나서서 네 모가지를 자르고 개망신을 줄 테니까. 알겠어?"

"그만 해요, 브루스."

나는 화들짝 놀랐다. 등 뒤에서 들린 차분하고 날카로운 목소리의 주인공은 다름 아닌 병원장 로즈였다. 나를 위협하려고 책상 위로 몸을 기울이고 있던 브루스가 별안간 창백해져 의자에 자빠졌다.

　"로즈, 여긴 웬일로… 병동에 오면 저야 늘 반갑지만 무슨 일로…."

　"누굴 좀 만나야 해서요."

　로즈가 냉정한 태도로 사무실 안으로 들어오며 침착하게 답했다.

　"그럼, 이 친구에게 인사 불만을 제기할 구실은 다 준 건가요?"

　"아, 그게… 제 말은…."

　"나가 있어요, 브루스."

　"저는 그냥…."

　"아무 말도 듣고 싶지 않아요. 나가요."

　"저기… 여기… 여기가 제 방입니다."

　"그러면 잠시 자리 좀 쓰죠."

　브루스는 풀이 죽은 얼굴로 책상에서 일어나 밖으로 나갔다. 그러다 뭔가 마음에 걸리기라도 한 듯 돌아서더니 분

　　　　　　　　　　　　　　　　　　　그 환자

노와 연민이 뒤섞인 표정으로 나를 바라보았다.

"널 보호해 주려고 그런 거야. 네가 여기서 잘해왔으니까. 인정하긴 싫지만 잘했어. 그러니까 이 일에서 떨어지라고, 그러다…."

"나가요, 브루스. 당장."

그는 괴로운 표정으로 사무실을 떠났다. 방 안에는 나와 로즈만 남겨졌고, 그녀는 관심 어린 표정으로 조심스럽게 나를 쳐다보며 자리에 앉았다. 이어 내가 제출한 환자 명단을 발견하고 읽기 시작하더니 입가에 진지한 미소를 지었다.

그러고 보니 지금까지 로즈가 어떻게 생겼는지도 말하지 않았다. 조의 서류에 적혀 있던 날짜로 미루어 보아 그녀는 적어도 50대 초반일 게 분명했지만 마흔도 안 되어 보였다. 적갈색 머리가 어깨까지 내려오고, 초록빛 눈동자는 날카롭게 빛났으며, 동그란 얼굴은 다소 야위어 있었다. 또한 의사라기보다 올림픽 육상 선수에게나 어울릴 법한 마른 체구에 키가 아주 커서 평소 자주 신는 사무용 검정 하이힐을 신으면 나보다도 컸다. 내가 조금만 더 나이가 있었더라면 그녀에게 매력을 느꼈을지도 모르지만, 매의 눈

같은 그녀의 날선 시선 앞에 서면 마치 엑스레이 앞에 벌거벗고 서 있는 기분이 들었다.

잠시 나를 유심히 바라보던 그녀가 입을 열었다.

"그래, 말해 봐요. 불치병 환자를 치료해보고 싶은 이유가 뭐죠?"

"글쎄요, 그 환자가 불치병인지 잘 모르겠습니다."

"왜 그렇게 생각하죠? 환자와 얘기해 봤나요?"

"아뇨."

"그럼 한번 만나 보지 그래요?"

나는 놀라서 입이 떡 벌어졌다.

"실은, 만나겠다고 하면 병원에서 해고될 줄 알았습니다. 다들 가까이 가지 말라고 경고했거든요."

"누가요?"

"그게… 보시다시피, 브루스와… 네시가요."

"네시가 병원 일을 도맡아 하긴 했어도 남을 해고할 권한은 없었답니다. 당신은 언제든지 원하면 열쇠를 갖고 조를 찾아갈 수 있었어요."

나는 눈을 깜빡였다.

"특별한 절차 같은 게 없다는 말씀이신가요?"

"치료 목적이라면, 그래요. 하지만 단순히 호기심으로 병실에 들어간다? 그건 안 되죠. 병원 내에 조에 관한 흉흉한 소문이 돌고 있다는 거 나도 알아요. 그런 소문들로 인해 대부분의 사람들이 만나본 적도 없는 그를 극도로 두려워하죠. 물론 조는 평범한 환자는 아니에요. 우리 병원의 특별 관리 대상이고, 그래서 조의 방에 들어가는 사람은 필요한 경우를 빼고 몇 분 이상 머무르는 법이 거의 없죠. 그보다 오래 있어야 하는 사람은… 음, 네시한테 무슨 일이 일어났는지 봤잖아요."

"네, 그랬죠."

그녀가 고개를 갸우뚱했다.

"그러면 단념하고 싶지 않아요? 똑같은 일을 당할까 봐 두렵지 않나요?"

"아뇨. 오히려 네시가 그렇게 되는 바람에 이 일이 제게도 중요한 문제가 돼버렸습니다."

"그렇군요. 자, 다음 질문. 아직 조와 얘기 안 해봤다고 했죠. 그럼 진료 기록은 읽었나요?"

"아뇨."

나는 재빨리 대답했지만, 거짓말인 게 빤히 드러나 보였는지 그녀가 나를 노려보았다.

"여기 앉아 그쪽 거짓말을 듣고 있을 만큼 한가하지 않아요. 솔직하게 말해요, 그렇지 않으면 오늘 만남은 이걸로 끝이니까."

나는 마른침을 삼켰다.

"사실… 봤습니다."

"어떻게 봤는지는 묻지 않을게요. 진료 기록을 읽고도 여전히 치료하고 싶다는 걸 보니 속으로 진단해 봤겠군요. 그럼 우리가 지난 30년간 조를 관찰하면서 놓친 게 뭔지 설명해 줄래요?"

"놓친 건 없다고 봅니다. 그런데 서류를 보니 마지막 치료 시기가 70년대더군요. 아시겠지만 그때 이후로 DSM은 개정 작업을 거쳤잖아요."

"가르치려 들지 말고 요점만 말해요."

"최초 진단이 정확했을 수도 있지만, 우리는 굉장히 복잡한 소시오패스 환자를 다루고 있는 걸지 모릅니다. 70년대에 밝혀진 것보다 더 복잡한 환자를요. 가학적인 성격 장애도 분명히 있고, 일종의 정신적 조로증도 있어 더욱 성인처럼 보인 건 아닐까요? 무엇보다 특이한 건 주변 사람에게

그 환자

망상을 일으키게 하는 능력인데, 흔치 않지만 가능한 일이죠. 그게 아니면 조가 사람의 감정을 거울처럼 비추는 장애가 있는지 시험해 보고 싶기도….”

그녀가 손을 들어 내 말을 가로막았다.

“틀렸어요. 그렇게 생각하는 것도 무리가 아니지만, 그래도 틀렸어요. 실은 정답을 알 수 없었을 거예요. 당신은 조의 서류를 못 봤으니까.”

나는 눈썹을 찡그렸다.

“방금 제가 봤다는 걸 실토하게 하지 않으셨나요?”

“당신이 본 건 전체 기록이 아니에요. 내가 바보는 아니잖아요. 몇 년마다 사람들이 기록물 시스템에 몰래 접근해 거기 뭐가 쓰여 있는지 본다는 걸 알거든요. 그러니 일부러 조의 서류를 전부 치우지 않고 일부만 남겨둔 거죠. 호기심에 접근한 사람들이 겁먹고 떨어져 나가라고요. 당신이 본 건 내가 보라고 놔둔 겁니다. 그뿐이에요.”

나는 멍하니 눈만 껌벅였다.

“자료가 얼마나 더 있습니까?”

“나머지 자료는 당신이 본 것보다 좀 더 실무적이고 전문적인 내용이에요. 물론 녹음테이프도 두 개 있지요. 테이프 얘기가 나와서 말인데, 당신의 거짓말을 알아차린 건 바로 테이프 때문이에요. 누군가 조의 서류에 적힌 관리 번호로 열람 신청을 할 때마다 기록물 관리인이 제게 메모를 남기거든요. 그분들이야 왜 그러는지 모르지만, 당신이라면 분명 그 이유를 알겠죠."

"테이프 관리 번호를 아는 사람이면 조의 서류를 봤다는 소리죠."

나는 맥없이 말했다. 그녀가 고개를 끄덕였다.

"내가 여기 들어오기 전부터 당신이 봤다는 걸 알고 있었다는 뜻이기도 하고요."

그녀는 브루스의 의자에 등을 기대고 만족스러운 표정으로 나를 꿰뚫어보듯 쳐다봤다. 고양이가 생쥐를 빤히 내려다보고 있을 때 쥐가 느끼는 기분이 이런 게 아닌가 싶었다.

"그럼 이 방에서 그 환자에 관해 더 많이 알고 있는 사람이 나라는 걸 서로 확인했으니, 말해 봐요. 우리가 DSM에 기재된 내용 말고는 아무것도 모르는 멍청이들이라던가, 지난 30년간 이 병원 의사 중 아무도 조가 여러 가지 희귀 정신병을 복합적으로 앓고 있다는 생각을 못 했을 거라는

그 환자

헛소리는 집어치우고요. 내가 왜 당신을 다른 직원들의 출입을 금한 환자에게 가까이 가도록 놔둬야 할까요? 이번엔 좀 더 영리한 대답을 기대할게요."

나는 잠시 생각을 가다듬었다.

"그 전에, 이제 와서 조를 격리시킨 진짜 이유가 뭐냐고 묻는 건 무의미하겠죠?"

"좋은 질문이군요."

놀랍게도 그녀가 미소를 지으며 말했다.

"현재로서는 무의미하다고 해둡시다. 그래도 서둘러 대답하지 않고 질문으로 대신한 건 칭찬할 만하네요. 하지만 우선 방금 그 질문에 대한 답을 한번 맞춰 봤으면 좋겠어요. 당신의 대답을 들어보고 괜찮았다고 생각하면 얘기해줄게요."

나는 곰곰이 생각했다.

"음, 조의 치료 기록을 보면 앞뒤가 맞지 않는 부분이 몇 군데 있습니다. 제 생각에 그건 실수가 아니라 일부러 그렇게 했다고 보여요."

그녀는 아무 말 없이 여전히 미소만 짓고 있었다. 내가 방향을 제대로 짚었거나 우스울 정도로 완전히 헛짚었거나 둘 중 하나였다.

"누구든 원하면 조와 얘기할 수 있다고 하셨지만, 정작 아무도 그러지 않는다는 데서 시작해 보죠. 게다가 브루스는 내가 조를 치료하고 싶다고 하자 벌컥 화를 냈습니다. 이론적으로 정신과 치료는 대화로 시작해서 대화로 끝나기 마련인데, 누구나 조와 이야기를 나눌 수는 있지만 '치료'는 금지되어 있다는 건 조의 경우에는 구술 심리 치료 외에 다른 무언가가 더 필요하다고 생각하고 있기 때문이겠죠. 뭔지는 몰라도 의사의 상담 이상의 무언가가요."

"잘못 짚었군요."

그녀가 가볍게 고개를 저었다. 나는 흠칫 놀랄 뻔한 걸 애써 참으며 다시 시작했다.

"좋아요, 그럼 대화나 약물 치료 말고 다른 건 필요 없다는 얘기네요."

이번에는 아까보다 천천히 말하며 수수께끼를 풀어보려 했다.

"아무튼 그래도 조와 지나친 대화를 삼가라는 걸 보니 그 정도에도 위험한 게 분명합니다. 우리가 아무하고나 얘기하는 걸 치료라고 하진 않잖아요. 제가 긴장병 환자에게

그 환자

다가가 말을 건넨다고 그 사람이 제 환자가 되는 건 아니죠. 대화를 시도했다고 해서 그 사람을 책임질 필요도 없고요. 하지만 제가 정식으로 그 사람을 환자로 맡으면 치료는 물론, 문제가 생기지 않도록 해야 하는 책임을 지게됩니다. 환자가 잘못되면 환자 가족으로부터 소송을 당할수도 있고, 반대로 그 환자로 인해 누군가가 잘못되면…"

그녀가 한 손을 들어 말을 가로막으려 했지만 나는 꿋꿋하게 계속 이야기를 이어 나갔다.

"병원장님은 이미 조가 불치병이라 판단하고 계세요. 30년이라는 긴 시간 동안 여러 의사들이 할 수 있는 걸 전부시도해봤을 텐데도 조가 계속 이 병원에 수용되어 있는 걸보면, 환자 가족도 이 상황을 받아들이고 있다는 얘기일 거예요."

그 순간 한 가지 사실이 퍼뜩 떠올랐다.

"틀림없어요! 조의 서류에서 전임 병원장이 당신께 보낸서신을 보면 환자 부모가 치료비 지급을 멈추더라도 병원예산으로 조를 여기에 수용시켜 바깥세상을 보호해야 한다고 했습니다. 하지만 그렇다고 해도 의사들이 조를 환자로 맡는 것을 이렇게까지 규제하는 이유는 아직 설명되지 않아요. 애초에 의사라는 직업이 평범하고 안정적인 환경에서 할 수 있는 일은 아니잖아요?"

나도 모르게 말이 거침없이 쏟아져 나왔다. 그 바람에 그녀가 중간에 가로막고 싶어도 끊기 어려웠을 것이다. 하지만 더 이상 막을 마음도 없어 보였다. 오히려 대견해 하는 것만 같았다.

"하지만 거꾸로, 만약 위험한 게 바로 우리 의사들 쪽이라면…. 정신과 환자에게 매우 드문 경우긴 하지만, 전염성이 높은 병에 걸려 격리 치료를 받는 환자를 상대할 때는 자주 있을 수 있는 일이에요. 그런 경우라면 치료에 필요한 사람들 외에는 엄격히 접촉을 금하고 의료진도 총 접촉 시간을 제한하기 위해 적절한 절차를 따르도록 되어 있죠. 에볼라 바이러스 환자와 몇 분 동안 같은 방에 있다고 해서 반드시 감염되는 건 아니지만, 치료를 하겠답시고 절차를 무시하고 몇 시간을 함께 보내는 건 사실상 사형 선고나 다름없는 것처럼요.

마찬가지로 지금까지의 상황을 종합해보면, 조와 몇 분간 대화를 나누는 건 아무한테도 위험하지 않을 겁니다. 하지만 조무사 그레이엄과 네시에게 무슨 일이 일어났는지

　　　　　　　　　　　　　　　　　　그 환자

봤죠. 네시는 매일 밤 조에게 노출된 상태였고 결국 스스로 목숨을 끊었어요. 당신은 그걸 두려워하는 거예요. 조에게 오래 노출되면 우리 의사들이 네시와 같은 일을 저지르게 될 위험에 처하게 되니까요."

순간 나는 멈칫했다. 오싹한 기운이 서서히 엄습해 왔다.

"혹시, 그동안 조를 치료한 의사들이 있었다면… 저… 그들에게 무슨 일이 있었는지 여쭤 봐도 되겠습니까?"

로즈가 손을 올려 천천히 박수를 쳤다.

"이제 내가 답할 수 있는 질문이군요. 그러려면 먼저 같이 가야 할 곳이 있어요."

그녀는 자리에서 일어나 내가 따라오는지 확인도 하지 않고 브루스의 사무실을 나섰다. 나는 서둘러 뛰쳐나와 그녀를 따라 엘리베이터를 탔다. 우리는 말없이 꼭대기 층까지 올라가 병원장 사무실로 향했다. 그녀는 열쇠로 서랍을 연 뒤 두툼한 서류 봉투 하나를 꺼냈다.

"전 병원장이었던 토머스가 분명히 초기 진단을 했어요. 아니, 시도를 한 거죠. 아무튼 그 후로 4년의 공백이 있다는 걸 눈치 챘을 거예요. 그 기간 동안 조를 그냥 내버려둔 건 아니었어요. 여러 사람들이 그를 치료해 보려고 했죠. 실은… 내가 첫 번째였어요. 이 병원에서 근무를 막 시작한 때였는데 토머스가 조를 치료해보라고 했죠. 나는 대학을 수석으로 졸업하고 레지던트와 펠로우 과정도 우수한 성적으로 마쳤어요. 당시에는 우리 병원의 재정 상황이 지금보다 나아서 뛰어난 인재를 데려올 형편이 됐죠. 잘난 체한다고 손가락질을 받던 사람은 당신만이 아니랍니다."

로즈가 오른편을 흘낏 보기에 고개를 들어보니 그녀의 학위들이 눈에 띄었다. 명문 의대 졸업장과 의학박사 학위, '진리Veritas, 하버드 대학교 라틴어 표어'라고 새겨진 문구, 미국 최고 병원에서 받은 레지던트·펠로우 과정 수료증, 두 개의 별도 전문의 자격증까지, 그야말로 진정한 '전문의'였다.

"토머스의 생각이 옳았어요. 당시 나는 우리 병원에서 가장 똑똑한 인재였죠. 그런데도 조를 치료한 지 4개월 만에 간호사실에서 약 한 통을 통째로 삼킬 수밖에 없었어요. 이후 토머스는 나를 조에게서 손 떼게 한 뒤 유급 병가를 보내 트라우마 치료를 받게 했죠. 나는 개인 병원에서 몇 개월 더 있다가 돌아왔고, 다시는 조와 마주치지 않았답니다. 나 다음에 조를 담당한 의사는 1년 동안 치료를 시도했어요. 꽤 오래 지속된다고 생각했는데 어느 날 갑자기

　　　　　　　　　　　　　　　그 환자

그 의사가 병원에 나타나지 않으면서 중단됐죠. 그는 이틀 후, 우리가 실종 신고를 한 날 발견됐습니다. 경찰이 자택에 숨어 있는 그를 찾아냈는데, 내가 보기에 정신 착란 후유증을 앓고 있었던 모양이에요. '보기에'라고 말한 이유는 경찰이 집에 들어간 순간, 그가 칼을 들고 덤벼들어 사살할 수밖에 없었거든요."

그녀가 잠시 말을 멈추고 의미심장하게 나를 바라본 뒤 이야기를 계속 이어갔다.

"조의 다음 의사는 6개월밖에 버티지 못하고 긴장병을 일으켜 이 병원에 수용되었어요. 당신이 오기 한 달 전쯤 그녀가 어디서 날카로운 물건을 구해 목을 베지만 않았더라면, 조의 담당의였다는 것도 모르고 당신이 그녀를 치료할 수도 있었겠네요. 아무튼, 그녀 다음에 우리는 조의 병세를 개선해 보고자 조금 거친 사람에게 치료를 맡겼죠. 군 경력이 있고 다른 병원에서 정신 질환 범죄자를 중점적으로 치료하다 온 인물이었어요. 그는 18개월간 조를 치료하다 한 줄짜리 사직서를 남기고 자기 머리에 총을 쐈죠."

서류 마지막 장에 이르자 로즈가 한숨을 푹 쉬었다.

"상황이 이렇게 되자, 결국은 토머스가 직접 조를 맡기로 했어요. 다행히 큰일이 나지는 않았지만 토머스 역시 8개월 만에 치료를 중단했어요. 그리고 다시는 조를 상대하지 않았죠. 몇 년 후 그는 병원장 자리에서 물러나기 전 이사회에 참석해 후임 병원장들이 임명되면 서약서에 서명을 하도록 했어요. 병원장이 직접 면접을 봐서 적합 여부를 검증한 사람에게만 조의 치료를 맡기겠다는 내용이었어요. 전임자들과 마찬가지로 나도 그 조항에 동의했고, 지금까지 내가 직접 선택한 사람만이 조를 담당할 수 있었죠. 당신 말이 맞아요. 조의 광기에는 전염성이 있어요. 동료들은 물론, 나를 이끌어주고 오늘 이 자리에 있게 해준 분마저 파멸시키는 걸 봤죠. 나도 거의 망가질 뻔 했고요."

나는 그녀와 눈이 마주쳤고, 잠깐이지만 차갑고 예리한 눈빛 너머로 무언가를 보았다. 그것은 한때 나처럼 자신감 넘쳤던, 그러다 환자 한 명이 본인의 인생과 주변 이들의 삶을 송두리째 망가트리는 걸 속수무책으로 지켜볼 수밖에 없었던 분노에 찬 젊은 의사의 모습이었다.

"저를 시험하고 계셨군요."

내가 조용히 말하자, 그녀가 고개를 끄덕였다.

"조가 사람들에게 무슨 짓을 하는 겁니까, 병원장님?

그의 광기가 그토록 전염성이 강하다면 뭘 두려워해야 하는지 알고 싶습니다. 미리 조심할 수 있을지도 모르잖아요."

그녀가 눈썹을 치켜뜨더니 입가에 씁쓸한 미소를 지었다.

"미안하지만 그 질문에는 대답할 수 없군요, 파커. 유감스럽게도 그 질문에 대한 답은 당신만이 알고 있어요. 누군가를 위험에 빠뜨렸다고 생각하기는 싫지만, 당신은 조의 담당의가 될 자격을 얻었어요. 조에게 뭔가 할 수 있을지도 모를 명석함을 보여주었죠. 한 가지 물어볼게요. 가장 두려워하는 게 뭐죠?"

두려워하는 것이라…. 생각해보려 했지만 아무것도 떠오르지 않았다.

"글쎄요…. 잘 모르겠는데요?"

"그러면 곤란해요. 조를 치료할 거라면 그 질문의 답부터 먼저 알아야 합니다. 그게 당신의 첫 번째 방어선이죠. 사실 당신이 조를 치료하는 건 내 일이기도 해요. 내가 질문의 답을 알지 못하면 당신이 조를 처음 진료한 뒤 어떤 악재가 우리 병원에 불어닥칠지 전혀 모를 테니까요. 다시 생각해봐요. 천천히."

돌연 등골이 오싹해졌다.

"그렇다면 조가 그걸 바로 알아낼 거란 말씀…."

"묻는 말에 대답이나 해요."

그 말은 곧 '그렇다'라는 소리나 다름없었다. 나는 생각에 잠겼다. 한마디도 하지 않고 몇 분간 곰곰이 생각했고, 그동안 로즈는 나를 방해하지 않으려고 가만히 앉아 있었다. 고민하는 시간이 길어질수록 어떤 답이 나올지 흥미롭게 기다리는 듯했다. 처음엔 화재나 익사, 벌레 같은 평범한 답부터 떠올려봤다. 하지만 시간이 지날수록 머릿속에 자꾸 떠오르는 게 하나 있었다. 병실에서 보았던 내 어머니의 모습. 답은 정해져 있었다.

"제가 가장 두려워하는 건 소중한 사람을 지키지 못하는 거예요. 누군가를 구해야 하는데 아무것도 할 수 없다는 게 제일 겁나요."

로즈가 정말로 깜짝 놀랐는지 눈썹을 치켜 올렸다.

"흥미롭군요. 그러면 지금, 우리 직원 가운데 누군가 갑자기 죽으면 마음이 아플 만큼 소중히 여기는 사람이 있나요? 예의 차리지 않아도 돼요."

나는 민망함을 느끼며 고개를 저었다. 그녀가 고개를 끄덕였다.

"없을 거라 생각했어요. 그 정도로 여기서 오래 일하지도 않았잖아요. 당분간 누구에게도 그런 애착은 갖지 말도록 해요."

로즈는 그밖에 다른 말은 하지 않고 책상에서 빈 종이를 하나 꺼내 뭔가를 갈겨쓴 뒤 서명했다. 그러더니 그 종이를 내게 건넸다.

"브루스에게 갖고 가요. 지금부터 당신이 조의 담당의입니다. 언제라도 치료를 중단하고 싶다고 하면 그렇게 해줄게요. 단, 한 가지 조건이 있어요. 내게 와서 정확하게 조가무슨 짓을 했기에 당신이 담당의로서 부적합하다고 판단했는지 낱낱이 알려줘야 합니다."

그러더니 서랍에서 녹음테이프 두 개를 꺼내 누락된 조의 서류와 함께 내게 툭 건네주었다.

"아, 그리고 파커? 어떤 상황이 닥치든 부디 자살은 하지 않았으면 좋겠네요."

그녀가 내 눈을 바라보며 말했다.

"이제 브루스를 찾아봐요. 어디서 부루퉁해 있을 거예요. 찾아서 그 종이를 보여주세요."

예상대로 브루스는 반항기 어리고 몹시 지친 얼굴로 병

동 로비 의자에 앉아 있었다. 내가 다가가자 그는 돌아보지도 않고 알은척을 하며 불만스럽게 툴툴댔다.

"병원장이랑 마음 터놓고 얘기는 잘 나누셨나? 왜, 책상이라도 빼게?"

나는 어떻게 반응해야 할지 몰라서 그냥 브루스의 어깨 위로 병원장이 준 종이를 내밀었다. 종이에 적힌 내용을 읽고 그가 얼마나 놀랐을지 다들 예상할 수 있을 것이다. 그는 마치 가까운 친척이 살해됐다는 소식을 들은 사람처럼 풀썩 몸을 숙였다. 잠시 후 그가 고개를 들어 나를 돌아보았을 때, 처음으로 그의 얼굴에서 적대감과 분노를 드러내지 않은 표정을 보았다. 대신 좌절과 두려움만이 두 눈에 담겨 있었다.

"이런 일도 다 있군."

그가 나직이 말했다.

"로즈가 널 똑똑하다고 본 모양이야. 안타깝네. 네가 하려는 짓 때문에 이 병원에서 제일 멍청하고 미친 새끼가 될 게 뻔하거든. 앞으로 겪어보면 이게 얼마나 바보 같은 짓거린지 알게 될 거야. 반짝거리는 새 괴물 친구를 돌본다는 핑계로 다른 일을 소홀히 하지 않기나 해. 계획서에서 하겠다고 적었던 건 전부 지키고."

나는 고개를 끄덕였다.

"물론이죠, 제가 드린 환자 명단과 초기 상담 시간에 관해 더 얘기하고 싶은 건 없으신가요?"

브루스가 피식 웃었다.

"아니, 전혀. 이제 내 시간 그만 뺏고 새 환자들한테 뭐라도 하러 가지 그래? 조에게 가보시던가."

그가 웃음기 없는 얼굴로 비꼬듯 말했다.

"조의 병실이 어디인지는 굳이 안내해주지 않아도 되지?"

물론, 필요 없었다.

Part 4

조의 병실로 가는 길은 유난히 멀게 느껴졌다. 복도 제일 마지막 방이었기 때문이다. 하지만 병원 직원들이 조를 두려워하고 경멸하는 것에 비해 그의 병실은 공포를 유발하는 상투적인 모습이 거의 없었다. 30년 넘도록 입원시킬 수 있을 만큼 부자 부모를 둔 환자의 특권이었던 것인지, 평생 갇혀 지낼 환자에 대한 마지막 예우였는지, 오히려 그의 방은 그 어느 병실보다 넓고 빛이 잘 들었다.

그렇다고 해서 조를 만나러 가는 길이 아무렇지 않았다고 생각하면 큰 오산이다. 지금까지 조는 그저 머릿속으로 상상하고 이론을 세워 본 멀고 먼 존재였다. 하지만 이제 난 공식적으로 조의 담당의다. 너무 늦게 깨달은 건지 모르겠지만, 다른 환자뿐 아니라 철저하게 훈련받은 베테랑 의료진까지 죽게 한 환자를 처음 만나게 된다고 생각하니 갑자기 몹시 조마조마해졌다. 로즈와 브루스, 무엇보다 네시가 했던 말이 머릿속에서 계속 맴돌았다. 병실까지 걸어가면서 나는 문에 열쇠를 꽂고 손잡이를 당기면 충격적인 일이 벌어질지 모른다고 생각했다. 하지만 그런 일은 일어나지 않았다.

앞서 언급한 것처럼 조의 방은 꽤나 넓고 밝았다. 다른 병실보다 커다란 창문을 통해 병원 운동장이 한눈에 보여 답답한 느낌도 덜했다. 병실에 들어가자마자 가장 처음으로 든 생각은, 방이 주인에 비해 너무 크게 느껴진다는 것이었다. 조는 병원 내 모든 사람이 두려워하는 환자라고 하기엔 너무 무방비하고 왜소했다. 170센티미터가 안 되는 키에, 영양 부족처럼 보일 정도로 깡마른 체격이었고, 덥수룩하게 자란 금발은 몇 년 동안 빗지 않은 것처럼 얼굴 주변에 부스스하게 내려와 있었다.

조는 싸구려 병원 의자에 앉아 창밖을 보고 있었다. 문이 열리는 소리에 그는 천천히 자리에서 일어나 나를 바라보았다. 그의 얼굴을 보자마자 광기 어린 공포를 느끼게 될 거라고 생각했던 나는 역시나 완전히 실망했다. 조의 얼굴은 하얗고 기다란 말상으로, 빈약하고 처진 턱에 광대뼈가 튀어나왔으며 이가 살짝 누랬다. 창백한 푸른 눈동자는 초점이 흐릿해 내가 봐온 긴장병 환자들보다 더 멍해 보였다. 그렇게 잠시 서로를 쳐다보며 서 있다가 내가 먼저 입을 뗐다.

"조? 나는 파커라고 합니다. 병원장님이 치료를 맡겼어요. 환자분이 괜찮다면 말이죠."

최대한 전문가다운 말투로 말을 건넸지만 그는 아무 말이 없었다. 미동도 하지 않았다.

"지금 조금 불편하시면, 나중에…."

"젊군."

그의 목소리는 듣기 싫을 정도로 얇고 낮은 데다 정말 오랜만에 말을 하는 듯 거칠었다. 일견 듣는 사람을 불편하게 만드는 목소리였지만, 그 안에서 느껴지는 짙은 슬픔 때문에 오히려 애처롭게 들리기도 했다.

나는 고개를 끄덕이며 살짝 미소 지었다.

"네, 좀 젊은 편이죠. 신경 쓰이세요?"

조는 어깨를 으쓱했다.

"다른 의사들은 선생처럼 젊지 않았어. 감동해야 하는 건가?"

"감동이요?"

"선생 나이에 여기 들어오려고 누군가를 정말 열 받게 했을 테니까."

무심결에 나는 빙긋 웃었다. 병실에 들어올 때만 해도 최악의 상황에 대비하고 있었다. 욕설과 조롱, 끔찍한 상상을 속삭이는 목소리, 심지어 격한 몸싸움까지도 염두에 두었다. 하지만 조가 농담을 던지리라고는 예상하지 못했다.

"영 틀린 말은 아니지만, 그게 왜 감동적이죠?"

조가 한 번 더 어깨를 으쓱했다.

"난 여기 직원들, 특히 윗선을 짜증나게 하는 사람에게 감동하지. 내게 선생이 동지로 보이거든. 게다가 나를 환자로 맡으려고 무슨 짓을 했건 개같이 힘들었을 테니까."

표현이 거칠어졌다.

"아니면 나이 먹더니 이제 될 대로 되란 건지."

"누구 얘기죠?"

"알잖아."

조가 씁쓸하게 웃으며 말했다.

"그 여자. 나를 여기 가두고 있는 사람. 이렇게 가둬둘 바에야 차라리 내 목을 칼로 따버리지. 내가 장담하는데, 그 여자 벌써 사람 여럿 죽여본 적 있을 걸?"

"병원장님을 말하는 거라면, 제가…"

"병원장 같은 소리 하네."

조가 조용히 말했다. 그러더니 난데없이 손바닥으로 벽을 때리며 역겹게 코웃음을 쳤다.

그 환자

"이봐요, 로즈는 돌팔이야. 멀쩡한 사람 정신병 환자로 몰아서 아무도 만날 수 없는 곳에 30년 동안 가둬놓은 거라고. 그래놓고 이번엔 선생 같은 초짜를 다 보내네. 내가 맞춰보지. 당신이 이 병원에 새로 온 가장 똑똑한 의사 양반이지? 아마 선생이, 아니 선생만이 나를 치료할 수 있다 생각할 거야. 그치?"

내 마음 속을 읽듯이 얘기하는 조를 보며 놀라지 않은 척하려고 했는데, 그러지 못했다. 내 얼굴에 놀란 표정이 역력했던지 조가 깔보듯 킥킥거렸다.

"마법을 부려 알아낸 게 아니야. 그년이 여기로 사람을 보내는 이유는 딱 하나지. 자르고 싶은 거거든. 선생이 기저귀 차고 다닐 때부터 내가 여기 있었다는 거 아나? 그때부터 지금까지 아무도 나를 치료하지 못했다는 것도? 로즈는 내가 '치료할 수 있는' 환자가 아니라는 걸 알고 있어. 선생도 알 거야. 당신은 그냥 희생양일 뿐이야. 그년은 당신을 핑계로 아무짝에도 쓸모없는 내 부모에게 보고할 거리를 만들어서 계속 돈을 뜯어낼 테고, 덤으로 언젠가 자기 자리를 위협할 수 있는 젊고 유능한 의사 하나를 제거할 수 있게 되는 거지."

충격이었다. 이 사람이 우리 병원 최고의 골칫거리 환자라고? 조는 원망과 불만에 차 있었지만, 놀라울 정도로 의식이 또렷해 보였다. 30년 넘게 이 병원의 혼란과 공포를 일으킨 장본인이라고 보기 어려웠을 뿐 아니라, 그렇게 긴 시간 입원한 환자라고 보기도 힘들 정도였다. 더군다나 조의 지적은 꽤 그럴 듯해서, 지금까지 내가 알고 있던 사실을 의심하게 만드는 구석이 있었다. 지금껏 보고 들은 조에 관한 모든 일들이 사실은 병원 측에서 확실한 수입원을 확보하려고 꾸며낸 연극이었나? 나는 한쪽 눈썹을 찡그리며 말했다.

"그럼 당신이 멀쩡하다는 얘기인가요?"

"젠장, 그걸 내가 어떻게 알아?"

조가 쏘아붙였다.

"내가 보기에 미쳐가는 건 여기 사람들이야! 이 병원에 입원하고 이상한 일이 너무 자주 일어나다 보니 가끔은 누가 꾸며내는 게 아닌가 싶다고. 다음에는 또 누가 미친 짓을 하고 내 탓이라 할지 생각하다가 진짜 돌아버릴 것 같거든."

거짓말이라 하기엔 너무 진심 같아서 조가 조금 불쌍하

게 여겨졌다. 그렇지만 여전히 그를 경계하는 마음은 있었기 때문에 바로 대답하지 않았다. 말하도록 놔두는 게 나아 보였다. 하지만 곧 내 침묵을 알아챈 조는 불평불만을 멈추고 나를 향해 돌아서서 날카로운 눈빛을 쏘아붙였다.

"자, 계속해. 면담한다며? 마저 끝내 버려야지."

조가 빈정대듯 웃으며 말했다.

"당신도 나하고 몇 분 같이 있어 보니 막 미쳐버릴 것 같겠지, 안 그래?"

나는 고개를 저었다.

"아닙니다."

"그럼 완전 할렐루야고. 근데 이거 어쩌나, 당신 그 똑똑한 머리 돌아가는 소리가 여기까지 들려. 자, 말해봐. 뭐 때문에 그렇게 얼굴을 찡그린 거야?"

나는 어깨를 으쓱했다.

"솔직히 어떻게 생각해야 할지 모르겠네요. 당신이 괴물처럼 보이지는 않지만 서류에는 골치 아픈 내용이 좀 있어요."

"오, 그래? 재밌을 것 같군. 예를 들면?"

"음, 보통 사람이라면 여섯 살 소년을 처음 만난 날 밤에 성폭행하려고 하지 않죠."

조가 코웃음을 쳤다.

"네이선하고 있었던 일이 그렇게 쓰여 있어?"

나는 움찔할 뻔한 걸 애써 참았다. 공감 능력 결여로 잔혹한 범죄를 저지르는 소시오패스나 사이코패스 같은 경우 보통 희생자 개개인을 이름으로 기억하지 않는다. 자신의 행동은 기억할지 몰라도, 대개 피해자를 동등한 인격체로 여기지 않기 때문에 이름에 대한 기억은 남아있지 않는 것이 일반적이다. 더구나 이렇게 오랜 시간이 지나도록 기억할 확률은 거의 없다.

"네이선과 무슨 일이 있었던 거죠? 당신 입장에서 얘기해 주는 게 어때요?"

그는 바로 대답하지 않고 넌더리가 난다는 듯 침대에 몸을 던졌다. 잠시 잠자코 있던 그가 날 떠보는 듯한 표정으로 쳐다봤다.

"말하기 전에, 한 가지 물어볼 게 있어."

"뭐죠?"

"껌 있어?"

조가 비뚜름한 미소를 지어 보였다.

그 환자

"네시에게 얻곤 했지. 시간도 잘 가고 지루함도 덜어 주거든."

때마침 주머니에 다 찌그러진 오래된 껌 한 통이 있었다. 나는 주머니에서 껌을 꺼내 그중 하나를 건넸다. 조는 껌을 집어 기분 좋게 입안에 날름 넣었다. 그러더니 다시 비뚤은 미소를 지었다.

"고마워, 선생. 당신은 꽤 괜찮은 사람이구만."

나는 혼란스러웠지만 웃어 보였다.

"그래서… 네이선은요?"

"맞다, 네이선."

조가 생각에 잠겨 껌을 씹었다.

"음, 다들 뭐라고 말하는지 알아. 근데 실은… 그 녀석이 날 꼬신 거야."

"믿기 어렵군요. 네이선은 고작 여섯 살이었어요. 당신은 열 살이었고."

"아 그래, 안다니까. 우리 둘 다 너무 어렸지. 하지만 네이선은 걸음마를 떼기 시작했을 때부터 자기 아버지란 인간에게 강간당했다고. 내가 보기에 그 앤 그걸 사랑이라고 생각했어. 아무튼, 처음에는 누가 '그걸 안에 넣어주지 않으면' 잠이 안 온다고 하더니, 나한테 해달라고 부탁하더군. 당신 말처럼 그때 나는 꼬마였고 그게 잘못된 행동인지 몰랐어. 이런 데서 제대로 성교육 같은 걸 했겠어? 그래서 시키는 대로 했지. 근데 뭐가 잘못됐는지 갑자기 네이선이 소리를 지르기 시작하는 거야. 문 앞에 있던 조무사들이 곧바로 들이닥치는 바람에 개한테서 제대로 떨어지지 못했어. 그게 다야."

조가 짜증스러운 듯 눈동자를 굴렸다.

"아무리 상황을 설명해도 그 사람들은 생각하고 싶은 대로 믿었어. 아무도 내 말을 들어주지 않더군. 뭐, 불평할 마음은 없어. 적어도 숫총각으로 죽지는 않을 테니까. 총각 딱지를 그렇게 떼려던 건 아니었는데, 원하는 대로 다 할 수는 없잖아?"

내키지는 않지만 조의 얘기는 그럴듯하게 들렸다. 그렇지만 오해라고만 하기에는 그런 내용이 서류에 너무 많았다. 나는 그를 더 몰아붙였다.

"그뿐만이 아니에요. 당신을 맡았던 의사들이 계속해서 죽거나 미쳤잖아요."

"내가 하는 짓이라고 생각해?"

그 환자

조는 분한 듯 몸을 부르르 떨었다.

"내가 그 사람들을 위협할 것처럼 보이나, 선생?"

"아뇨, 하지만 당신이 가스라이팅Gas-lighting, 정신적 학대의 한 유형으로 타인의 심리나 상황을 교묘하게 조작해 그 사람이 스스로 의심하게 만듦으로써 타인에 대한 지배력을 강화하는 행위을 하는 거라면…."

"내가 뭘 한다고?"

맞다, 조는 그런 용어에 익숙하지 않을지 모른다. 누가 그에게 영화를 틀어주었을 것 같지도 않고.

"제 말은 의도적으로 그들을 미치게 하는 건 아니냐는 거예요."

조가 비웃었다.

"말 같지도 않은 소리. 내가 왜? 내가 미쳐서 그 사람들이 자살한 게 아니야. 나를 맡았던 사람들은 모두 내가 제정신인 걸 알고 뒈져버린 거라고."

나는 입을 떡 벌리고 있다가 아차 하고 다물었다. 조가 나를 보며 깔깔댔다.

"알아, 알아. 터무니없는 소리처럼 들리겠지. 하지만 믿어도 돼. 사실이니까. 병신 같은 부모가 나를 여기에 두고 간

뒤로 계속 그런 일이 있었지. 부모라는 것들이 나를 감당하지 못하니까 의사들한테 병원에 가둘 구실을 마련하라고 했거든. 탐욕스런 새끼들이 미친 짓거릴 꾸며댄 건데, 적어도 처음에는 자기들도 이게 웃긴 짓인 줄 알았어. 그년이 오기 전까지는 말이야."

조는 잠시 그르렁대더니 바닥에 침을 뱉고 말을 이었다.

"당신네 그 대단한 병원장이 오기 전까지 내가 어떻게 될 운명이었는지 아나, 선생? 본보기용 환자가 될 처지였다네. 토머스 새끼가 가장 무능한 의사들을 고르고 골라 나를 맡게 했어. 공식적으로 말이야. 아, 토머스는 당시 병원장 이름이야. 토 나오지? 아무튼, 어떤 의사가 순전히 부모 요청으로 가둬둔, 멀쩡히 제정신인 환자를 맡고 싶겠어?

나도 재수가 없었던 게, 하필 처음 배정된 의사가 로즈였어. 불행히도 로즈는 나를 치료하며 시간을 낭비하기에 너무 야망이 큰 사람이었지. 그년이 한 일이 뭔지는 당신도 알 거야. 나를 구제 불능에 이 병원 최고의 골칫거리 환자로 만들고, 나를 담당하는 게 얼마나 무서운 일인지 지어 내기 시작했지. 그리곤 다른 의사들이 쉽게 찾을 수 있는 곳에 유서를 쓰고 사라졌어. 덕분에 난 아무도 신경 쓰지 않

그 환자

는 환자에서 말 걸 엄두조차 안 나는 환자가 돼버렸어.

병원에서는 뭘 했을까? 옳다구나 하고 자르고 싶은 의사가 나타날 때마다 나를 담당하게 한 거야. 그래야 그 가없은 새끼들을 쫓아낼 구실이 생길 테니까. 당연히 그들은 나와 얘기를 나누는 순간 내가 정상이라는 걸 알았어. 엄청난 미션인 것처럼 치료하라고 보냈는데 막상 치료할 게 없으니 어쩔 도리가 없다는 걸 깨닫고 절망했지. 그나마 그중에서도 자기가 버티면서 월급을 받아내는 게 병원에 대한 복수라며 합리화를 했던 사람들은 좀 더 오래 버틸 수 있었어. 하지만 오래 버티면 버틸수록, 양심의 가책 때문에 점차 정신 줄을 놓기 시작했지. 나는 그 과정에서 조금이라도 나를 신경 써주던 사람들이 미쳐가는 걸 지켜봐야 했어."

여전히 미심쩍기는 했지만 웬일인지 조가 얘기를 할수록 안쓰럽게 느껴졌다. 무엇이 그를 그토록 동정하도록 했는지 생각해보면, 아마도 그건 조의 태도였을 것이다. 그는 체념하고 있었다. 마치 내가 자기 말을 믿더라도 아무런 도움이 되지 않을 걸 아는 사람처럼 힘없고 무기력했으며, 구구절절한 자기변호는 별다른 의도 없이 자동으로 튀어나

오는 것처럼 보였다. 그의 말에는 일말의 희망도 없었기 때문에, 오히려 그가 나에게 솔직하게 말하고 있다고 느끼게 되었다.

인정한다. 아주 능숙한 사이코패스라면 이 모든 걸 속일 수 있었을 것이다. 돌이켜 보면 그때 사이코패스가 상대의 감정을 조작하는 수법일지도 모른다고 생각했어야 했는데, 그와의 만남 자체가 완벽하게 예상 밖이었던 데다 나 자신도 미숙했던지라 감정적으로 훨씬 휘둘렸던 것 같다. 게다가 당시 조는 사이코패스의 징후를 하나도 보이지 않았다. 일례로, 조와 얘기하는 동안 새 한 마리가 날아와 창문에 부딪혀 기절했다. 사이코패스라면 전혀 반응하지 않았을 테지만, 조는 창문으로 걸어가 걱정스러운 듯 유리창에 얼굴을 기대고 새가 몸을 부들부들 떨다 다시 날아갈 때까지 바라보았다. 그의 공감 능력에는 문제가 없어 보였다.

하지만 꼭 사이코패스가 아니더라도 누구든 첫인상을 속일 수 있다는 건 알고 있었다. 따라서 이후 45분 동안은 조가 잠재적으로 심각한 정신 질환 징후를 보이는지 살펴보기 위해 대화를 이끌었다. 하지만 여기서도 나는 막다른 골목에 부딪혔다. 조는 가벼운 우울증과 광장 공포증 외

그 환자

에는 아무런 정신 질환 징후를 보이지 않았다. 모두 30년 이상 한곳에 갇혀 지내며 주변인들의 정신 상태가 서서히 악화돼가는 모습을 지켜봐야 했던 환자에게서 충분히 나타날 수 있는 증상이었다.

조와의 대화를 마치고 그의 병실 문을 닫고 나왔을 때 나는 역겨움을 느꼈다. 그건 분명 내가 병실을 들어가며 예상했던 이유 때문은 아니었다. 서류에 적혀 있던 온갖 무시무시한 얘기들과 반대로, 이 남자가 부모에게 버려진 채 자금난과 인력 부족에 시달리는 병원에서 평생을 갇혀 지내야 했던 지독히 외로운 희생양일 뿐이라는 것 외에는 다른 설명을 찾을 수가 없었다. 이런 상황을 알게 된 이상 당장 상사에게 찾아가 조의 퇴원을 요청하는 것이 정상이겠지만, 조의 얘기가 조금이라도 사실이라면 병원은 조와 같은 황금 알을 낳는 거위를 절대 풀어주지 않을 것이다. 조가 제정신이라고 해도 말이다.

사무실에 도착해서야 나는 겨우 정신을 추슬렀다. 하긴 이제 겨우 한 번 만났을 뿐이고, 조에게 제기된 혐의는 수두룩했다. 결론을 내리기 전에 적어도 한 달은 그를 만나 심리 치료를 진행하기로 했다. 어쩌면 오늘 유독 조의 상태가 좋았을 수도 있고, 얼마 안 있어 그가 서류에 묘사된 것처럼 악몽을 꾸게 하는 악귀로 돌변할 수도 있을 테니 말이다. 게다가 나는 아직 병원장이 건넨 녹음테이프를 듣지 않았을 뿐더러 조를 맡았던 의사들의 삭제된 기록들도 보지 않았다.

　규정에 어긋나지만, 그날 나는 조의 서류를 집에 가져갔다. 평소 사무실 문을 잠그고 다니는 로즈도 서랍 속에 꽁꽁 숨기고 열쇠까지 채워 보관한 서류다. 낡아 빠진 내 사무실 책상은 잠기지 않고, 병원 직원 누구도 사무실 보안에 신경을 쓰지 않으니 중요한 자료를 그냥 두고 오기도 불안했다. 집에 돌아와 곧바로 조의 서류를 검토할 예정이었으나, 조와의 만남에 온 신경을 집중했던 탓인지 집에 도착하자마자 서류는 꺼내보지도 못하고 쓰러지듯 잠에 들었다.

　그날 밤, 나는 아주 오랜만에 어린 시절 악몽을 다시 꾸었다. 끔찍한 기억을 불러일으키는 꿈이다 보니 평소 같으면 자세히 언급하지 않겠지만, 뒤에 일어난 일과 연관이 있어서 아무래도 설명하는 게 나을 것 같다.

　내 어머니는 내가 열 살 때 망상형 조현병으로 병원에 입원했다. 어느 날 밤 잠에서 깬 아버지가 부엌 식탁에 몸을 기울이고 있는 어머니를 발견했는데, 악마가 귀에 넣은 벌레들 때문에 저주 받은 이들의 비명이 들린다고 중얼대며 집에서 제일 날 선 칼로 자신의 손목을 찌르는 모습을 보고 병원에 보냈다. 어머니는 손목을 베면 벌레들이 흘러나와 그 목소리를 듣지 않게 될 것이라 생각했다고 한다. 아버지는 어머니가 증상을 보일 때마다 나를 집 밖으로 내보냈기 때문에, 당시 나는 어머니의 상황을 정확하게 알지 못했지만 본능적으로 뭔가 잘못됐다는 건 알고 있었다. 그래서 어느 날 갑자기 아버지가 식탁에 앉아 엄숙하고 비통한 표정으로 어머니가 떠날 수밖에 없었다고 했을 때도 놀라지 않았다.

하지만 얼마 지나지 않아 나는 그 또래 아이들이 그렇듯 어머니가 보고 싶었고 아버지에게 어머니를 만나게 해달라고 애원하기 시작했다. 아버지는 오랫동안 내 부탁을 거절해오다 결국엔 받아들여 나를 어머니가 입원한 세인트 크리스티나 병원에 데려다주었다. 전후 사정을 조금 설명하면, 세인트 크리스티나 병원은 늘 재정난에 허덕이고 오늘날까지도 환자를 학대한다는 소문에 시달리는 열악한 도심 병원이다. 지방 정부 입장에서는 사실상 인간쓰레기를 버리는 매립지나 다름없는 곳이다. 다행히 아버지는 돈벌이를 하고 있어 어머니가 카트를 밀고 거리를 걸으며 아무 행인한테나 소리 지르는 건 막을 형편이 됐지만, 간신히 그

그 환자

럴 수 있는 정도였다. 세인트 크리스티나 병원이 우리의 유일한 대안이었다. 어릴 때라 나는 병원에도 급이 있다는 걸 몰랐다. 그날 병문안을 가기 전까지는 말이다.

어머니는 경제적으로 가장 궁핍한 환자들이 머무르는 조그만 가장자리 건물에 수용돼 있었다. 병실에 도착하기 한참 전부터 나는 못 올 곳에 왔다는 걸 본능적으로 알았다. 병동에 들어서기 위해 둔중하고 보기 흉한 회색 문을 양옆으로 열어젖히자, 기분 나쁜 소리가 윙 하며 울렸다. 로비는 좁고 지저분했으며, 너무 더러워 빈대도 붙지 않을 것 같은 의자들이 놓여 있었다.

하나같이 꾀죄죄한 병원 가운을 입은 환자 몇 명이 복도를 마음대로 어슬렁거리고 있었다. 그들은 정신이 멀쩡한 문병객을 산토끼처럼 벌건 눈으로 빤히 쳐다보며 지하에서 울리는 듯한 음성으로 중얼거렸다. 당시 열 살밖에 되지 않았던 나는 그들의 눈 깊숙한 곳에서 비명을 지르는 것 같은 분노와 공포를 느낄 수 있었다. '저주 받은 이들이 있는 곳에 뭐 하러 왔니, 한심한 녀석아. 여기는 네가 올 곳이 아니라고 엄마가 말해주지 않던?'

하지만 내 어머니도 저주 받은 사람이었다. 이러한 사실은 병실에 도착해 조무사가 문을 여는 순간 곧바로 알게 됐다. 병실 문을 열자마자 지독한 피와 오줌 냄새가 확 풍겼다. 조무사가 반사적으로 코를 막고는 큰 소리로 동료들을 부르는 동안, 나는 아직 뭐가 어떻게 된 건지 모르는 채로 병실로 들어갔다.

어머니는 서서히 퍼져가는 오줌 웅덩이에 가운을 적신 채 벽에 기대 웅크리고 앉아 있었다. 어디선가 구해 만든 주머니칼을 움켜쥐고 자신의 손목 중간쯤을 찔러 선홍빛 핏방울이 바닥에 뚝뚝 떨어졌다. 내 시선을 느꼈던 모양인지 그녀가 멍하니 보고 있던 나를 향해 몸을 돌렸고, 찢어질 듯 입을 쫙 벌리며 웃었다. 이마는 시퍼렇고 흉측한 멍이 들어 엉망이었는데, 아무래도 머리를 벽에 찧다가 생긴 자국 같았다.

"파커야, 얘야."

어머니가 속삭이듯 말했다.

"이리 와서 이것 좀 도와다오. 빌어먹을 구더기들이 도무지 기어 나오질 않는구나, 아가."

나는 무슨 말을 해야 할지 몰랐다. 무슨 생각을 해야 할지도 몰랐다. 그저 그 자리에 서서 한때 어머니였던 혐

그 환자

오스러운 존재를 물끄러미 바라보았다. 어머니는 충격과 역겨움이 훤히 드러났을 내 표정을 보고는 낙담한 얼굴로 칼을 떨어뜨렸다. 그러더니 천장을 향해 고개를 들어 짐승처럼 울부짖었다. 울음소리는 조금씩 웃음소리로 변해 갔다. 아니, 흐느끼는 소리였을지도 모른다. 솔직히 어느 쪽인지 알 수 없었다. 그러고는 천천히 내게 기어오기 시작했다. 상처난 손목에서 떨어지는 피가 바닥에 흥건한 오줌과 섞여 그녀 주위에 흉물스러운 암갈색 액체가 만들어졌다.

내 앞에 멈춰선 어머니는 불현듯 자신이 한 아이의 엄마이며 그 아이가 겁에 질려있다는 걸 깨달았는지, 수개월 간의 고통에 쉬어버린 목소리로 조용히 자장가를 부르기 시작했다.

"잘 자라 우리 아가, 앞뜰과 뒷동산에 새들도 아가 양도 다들 자는데, 달님은 영창으로 은구슬 금구스으으을…"

등 뒤에서 쿵쾅대는 발소리가 들리더니 조무사 두 명이 쏜살같이 나를 지나쳤다. 한 명의 손에는 주사기가 들려 있었다. 그들이 붙잡아 침대 위로 거칠게 눕히는 데도 어머니는 기괴하게 웃으며 자장가를 불렀다.

"달님은 영창으로 은구슬 금구스으으을!"

어머니가 비명을 질렀다.

"보내는 이 한밤…"

주사기를 찔러 넣자 주위가 잠잠해졌다. 나는 뒤돌아 뒤늦게 들어온 아버지 품에 뛰어들었고, 아버지는 공포에 떨며 우는 나를 안아주었다. 그날 이후 나는 두 번 다시 어머니를 만나지 않았다. 그리고 트라우마를 극복하는 데 오랜 시간을 쏟아야 했다.

여러분이 이 이야기를 알아야 하는 이유는 그날이 바로 내가 정신과 의사가 되기로 결심한 날이기 때문이다. 그것도 평범한 정신과 의사가 아닌, 아무리 가망 없는 환자라도 절대 포기하지 않는 의사가 되리라고 마음먹었다. 이 글을 읽다 보면 알겠지만, 아직도 나는 정신 질환으로 고통 받는 사람이 있다면 그게 누구든 도와야 할 의무가 있다는 생각과 씨름한다. 애당초 어머니가 미쳐버린 게 내 잘못은 아니었을까 하는 의문이 계속해서 들기 때문이다. 사실 그렇게 자책하는 태도가 이성적이지는 않지만 아이들은, 그리고 유년 시절에 트라우마를 겪은 어른들은 손쓸 도리가 없는 일까지 자기 탓으로 돌리며 행위의 주체를 되찾는 것밖에 할 수 있는 일이 없다.

외상 경험이 인간에게 미치는 가장 흔한 영향은 사고 이후 악몽에 시달리는 것이다. 특히 어머니와 병원에서 만났을 때의 나처럼 뇌가 덜 발달한 시기에 더욱 그렇다. 나는 자라면서 정신 의학을 공부하고 스스로를 객관화하며 어렸을 적 트라우마에 대처하는 능력을 키워나가고자 했고, 그로 인해 이제는 마음의 평정을 찾을 수 있게 됐다고 믿고 싶다. 하지만 처음에는 나 역시 지독한 악몽에 꽤 오랫동안 시달려야 했다.

그 꿈은 모든 것이 현실에서 벌어지는 일처럼 시작된다. 나는 세인트 크리스티나 병원의 음침한 대기실에 앉아 있다. 대기실에는 나뿐이다. 사실 꿈에서는 어찌 된 일인지 병원에 나밖에 없다는 걸 알고 있었다. 그리고 그것, 내가 어머니라 부르던 그놈이 있었다.

나는 보거나 듣지 않아도 병원에서 놈의 존재를 느낄 수 있었다. 끔찍하고 두려운 기운이 눈앞에 보이는 벽과 의자와 낡아 빠진 양탄자 하나하나에서 진동했다. 그 자리에서 일어나 도망갈 수만 있다면, 비참하게 허물어져 가는 이 지옥 같은 건물에서 달아날 수만 있다면 뭐든 했을 텐데도, 꿈이 허락한 일은 정반대였다. 도망치는 대신 나는 뭔가에 홀린 듯 자리에서 일어나 천천히 한 걸음씩 어머니가 수용된 병실로 걸어갔다.

병실에 도착하기도 전에 어머니의 웃음소리가 들렸다. 저주 받은 인간이 날카롭게 킬킬대는 거짓 웃음에 나를 둘러싼 벽이 뱀처럼 몸을 조여 오는 것 같았다. 나는 병실에 가까워질수록 돌아가려고 처절하게 몸부림쳤지만, 내가 몸부림칠수록 꿈은 더욱 빠르게 나를 몰아붙였다. 병실 앞에 이르자 방문 너머로 어린 시절 트라우마의 악령이 뜻 모를 말을 지껄이는 소리가 들렸고 피와 오줌 냄새가 코끝에 훅 불어와 숨이 막혔다. 바로 그 순간 무자비한 힘이 소리와 냄새의 근원을 살피도록 이끌었다.

어머니, 아니 놈은 현실에서처럼 벽에 기대 웅크리고 앉아 있었고, 발밑에 서서히 퍼져나가는 오줌 웅덩이에 더러운 병원 가운이 허리춤까지 흠뻑 젖어 있었다. 방에 들어서자 놈은 나의 존재를 알아차리고 고개를 들어 음흉하게 흘겨보며 웃었다. 현실과 다른 것이 있다면, 꿈속에서는 단순히 미친 듯 활짝 웃고 있는 게 아니라 입을 너무 쫙 벌려 두 뺨이 찢어졌다. 피 흘리는 잇몸이 훤히 드러나 그 사이로 흉측한 선홍빛 분비물이 턱과 가운 위로 새어 나왔다.

그 환자

두 팔은 잔혹하고 들쭉날쭉하게 칼에 베여 벌어져 있을 뿐만 아니라, 상처가 곪아 구더기로 우글거렸다. 게다가 현실에서 어머니는 열 살이었던 나보다 체구가 약간 큰 정도였지만 악몽에서는 방안에 똑바로 서기 힘들 정도로 커서 천장에 몸을 숙이듯 나를 굽어보았다. 마치 한 마리의 거미가 그물에 걸린 파리를 잡아먹고 피를 줄줄 흘리는 모습 같았다.

그때 놈이 괴성을 질렀다. 보통 나는 같이 비명을 질러 잠에서 깨어나곤 했으므로 그 소리를 오래 듣지는 않았다. 그런데 무슨 이유 때문인지 조를 만나고 온 날 밤, 질러야 할 비명 소리가 목에서 나오지 않았다. 대신 귓속에서 파멸 섞인 웃음이 끝없이 울려 퍼졌다. 나는 겁에 질려 쌕쌕대는 소리만 간신히 내뱉었다. 그 상태로 얼마나 있었는지 모르지만, 내가 느낀 정신적 고통이 너무 심해서인지 한참을 그러고 있었던 것 같다.

하지만 잠재의식 속에서 내게 닥칠 끔찍한 일은 이게 전부가 아니었다. 예전에 없던 무서운 장면이 하나 더 있었다. 꿈속 어머니가 괴성을 지르는 걸 보는 동안 놈의 발밑에 있던 오줌 구덩이에서 갑자기 끓어 넘치듯 거품이 일기 시작했다. 그때 오물로 가득한 웅덩이 저 밑에서 촉수 한 쌍이 불쑥 튀어나오더니 어머니를 휘감아 꽉 죄었다. 검은 털이 뒤엉키고 피가 얼룩진 촉수는 무시무시한 지하 괴물에 붙은 다리처럼 재빠르게 움직였다. 촉수가 어머니를 무릎 꿇게 한 뒤 웅덩이 밑으로 끌고 들어가자, 어머니의 몸이 줄어들면서 상처가 아물었다. 그러더니 그녀의 얼굴에 어머니가, 진짜 나의 어머니가 나를 달래려고 할 때마다 짓던 사랑스러운 표정이 스쳤다.

"아, 사랑하는 우리 아들."

어머니가 속삭이듯 말했다.

"우리 귀여운 아기…."

나는 그 자리에 돌처럼 굳어서 끔찍한 촉수 한 쌍이 오물 속으로 어머니를 끌고 가는 걸 지켜봐야만 했다. 어머니의 머리가 마침내 수면에 이르렀을 때 섬뜩한 소리가 들렸다. 촉수가 마지막 남은 어머니의 육신을 홱 잡아당겨 깊숙이 끌고 들어가자, 웅덩이 밑에서 킬킬거리는 메마른 웃음소리가 울려 퍼지며 점점 더 미친 듯이 가학적으로 변해 갔다. 그 광경을 보니 어찌 된 영문인지 졸렸던 목이 느슨해져 필사적으로 소리쳤다.

그 환자

"엄마! 엄마! 돌아와요! 엄…."

"파커! 파커!"

누군가 나를 흔드는 것 같았고, 순식간에 꿈은 사라져 버렸다. 눈을 떠보니 잠에서 덜 깬 조슬린이 놀라긴 했지만 몹시 사랑하는 눈빛으로 나를 바라보고 있었다.

다행히 그날 밤 악몽은 되풀이되지 않았고, 다음날 병원에 출근했을 때는 간밤에 꾼 꿈을 어느 정도 잊고 있었다. 사무실에 도착한 나는 전날 가지고 갔다가 그대로 다시 가져온 조의 서류를 꺼내 살펴보기 시작했다. 우선 녹음테이프부터 자세히 들어보기로 했다. 내 생각에는 조가 외견상 야경증만 겪고 있었던 첫 번째 치료에서 다른 의사들이 놓친 단서가 있을 것 같았다.

조의 첫 치료를 녹음한 테이프는 낡고 상당히 뒤틀려 있어서 혹시 재생이 안 될까 걱정스러울 정도였다. 다행히 약간의 마찰음이 나더니, 카세트 릴이 돌아가기 시작했다. 스피커에서 중부 대서양 억양이 섞인 남자의 목소리가 지지직거리며 흘러나왔다.

"안녕, 조. 선생님 이름은 토머스라고 해. 네가 잠을 잘 못 잔다고 부모님이 그러시더구나."

그러고 잠시 아무 소리도 들리지 않았는데 조가 고개를 끄덕였는지 토머스가 말을 계속 이어갔다.

"왜 그런지 말해줄 수 있니?"

다시 아무 소리도 들리지 않다가 아이가 대답했

그 환자

다.

"벽 속에 있는 게 저를 가만두질 않아요."

"그렇구나. 많이 힘들겠는걸. 그런데 벽 속에 있는 게 뭘까?"

"징그러워요."

"징그러워? 어떻게?"

"아주 징그러워요. 그리고 무서워요."

"선생님 말은 그러니까, 어떻게 생겼는지 설명할 수 있겠니?"

"크고 털도 많아요. 눈이 파리처럼 생겼고 커다란 두 팔은 엄청 센 거미 다리 같은데 손톱이 진짜 길어요. 몸통은 꿈틀대는 벌레 같고요."

나도 모르게 몸서리를 쳤다. 아무리 상상력이 풍부한 아이라 하더라도 너무 추악한 이미지였다. 하지만 조를 심각한 벌레 공포증 환자라고 기재해 놔서 그런지, 아이의 대답은 벌레에 대한 두려움을 형상화해 표현한 것처럼 보였다. 아직까지는 상상력이 풍부하고 겁 많은 또래 아이들과 다를 바가 없는 것 같았다. 토머스도 같은 생각이었나 보다.

"정말 무섭구나. 그런데 얼마나 크니?"

"커요! 아빠 차보다 더 커요!"

"그렇구나. 부모님도 보신 적이 있니?"

"아뇨. 엄마 아빠가 오면 다시 벽 속으로 돌아가
요."

"그렇게 큰데 벽에 들어갈 수 있을까? 안 부서
져?"

"스르르 녹아요. 아이스크림처럼. 그게 벽처럼 보
여요."

"그래. 팔에 난 자국도 그게 그런 거니?"

"네. 제가 괴물을 안 보려고 얼굴을 가렸거든요.
그게 팔을 잡아떼고 손가락으로 내 눈을 벌렸어
요."

"왜 그랬을까?"

"제가 기분이 안 좋을 때를 좋아하거든요. 그래
서 자게 놔두지 않는 거예요."

"무슨 말이지?"

"그 괴물은 나쁜 생각을 먹고 살아요."

그 환자

병원에 수용되지만 않았다면 이 꼬마는 커서 대단한 공포 소설가가 됐을 것이다. 조와의 상담은 예상 외로 아주 순조로웠다. 토머스는 조에게 '그 괴물은 상상력으로 만들어낸 것에 불과하다'고 침착하게 설명하며, 원한다면 조종할 수 있을 거라고 알려줬다. 토머스는 여섯 살짜리 꼬마가 잘 이해할 수 있도록 부드러운 말투로 유아용 유머를 섞어가며 차분히 설명했고, 상담 막바지에 다다르자 조는 웃으며 다음에 괴물을 만나면 이제 하나도 안 무섭다고 말해줄 거라고 약속까지 했다. 나도 모르게 미소가 흘러 나왔다. 용감한 꼬마 같으니라고!

테이프에 녹음된 내용은 대체로 서류상의 기록과 일치했고, 이 어린아이가 두 번째로 입원한 뒤 병원에 몰고 온 공포 따위는 전혀 드러나지 않았다. 사실 테이프 내용만 들으면, 첫 치료 이후 벌어진 일들은 전부 불가능해 보였다. 뭔가 앞뒤가 맞지 않다 보니 불쾌하고 오싹한 기분이 들면서 성인이 된 조가 조작이라고 했던 말이 정말로 사실일지 모른다는 생각이 들었다.

병원에 수용된 동안 조가 어떻게 됐는지 확실히 알려면 두 번째 테이프를 들어봐야 했다. 조와 하룻밤을 같이 보낸 조무사가 녹음한 테이프였다.

두 번째 테이프를 처음 보고 나는 뭔가 이상하다는 걸 알았다. 아주 오래된 마스킹 테이프 조각이 가늘게 붙어 있었는데 그 위에 '새벽 3시~4시'라고 쓰여 있었다. 나는 어리둥절했다. 왜 한 시간만 녹음한 거지? 그때 문득 떠올랐다. 서류에 적혀 있기로는 녹음에서 거의 아무 소리도 들리지 않았다고 했다. 중요한 부분만 담긴 테이프가 분명했다. 그렇지 않으면 뭐 하러 보관하겠는가? 나는 앞으로 한 시간 동안 유심히 들을 준비를 마친 뒤 플레이어에 테이프를 넣고 재생 버튼을 눌렀다.

짐작대로 처음 20분 동안은 방송 사고라도 난 듯 거의 아무 소리도 들리지 않았다. 덕분에 몇 번이나 멍하게 있다가 결국 작은 목소리로 초를 세면서 집중력을 발휘해야 했다. 그런데 20분이 지나자 테이프가 살아나기라도 한 것처럼 무슨 소리가 들렸다.

서류에서 읽었던 조무사의 숨소리였다. 토머스가 과장한 게 아니었다. 그건 의심할 여지없이 공황 발작을 일으키는 소리였다. 30초 정도 숨소리가 이어지다 뭔가 움직이는 소리가 들렸고, 그러더니 누군가 뛰는 것처럼 빠른 발걸음 소

그 환자

리가 들렸다. 뒤이어 뭔가 단단한 것에 부드러운 물체가 탁하고 부딪혔다. 시종일관 거친 숨소리가 들렸는데 아무래도 조금 전에 달린 사람이 내는 것 같았다. 그때 거친 목소리가 상스러운 말들을 되풀이하며 중얼거리더니 점점 더 겁에 질린 말투로 변해갔다. 불안한 듯 이리저리 움직이는 발걸음 소리가 났고, 30분 정도 된 지점에서 갑자기 녹음이 뚝 하고 끊겼다.

나는 짜증을 내며 테이프를 되감았다. 내가 들은 소리는 뻔했다. 조무사가 밤새 조의 병실에 있기에 너무 겁이 나서 도망친 게 틀림없었다. 물론 서류의 내용이 사실이라면 말이다. 그게 아니라면 무시무시한 조의 소문을 지키기 위해서 이 테이프를 가짜로 녹음해서 만들어냈을 수도 있었을 테고. 하지만 혹시나 내가 잘못 들은 게 없는지 확인해보려고 소리가 녹음된 10분을 다시 들어보기로 했다. 이번에는 헤드폰을 꺼내 카세트 플레이어에 꽂은 다음 최대한 볼륨을 키웠다.

여전히 똑같은 소리였다. 헐떡이는 불안한 숨소리, 몸을 움직이는 소리, 뜀박질 소리, 욕지거리, 웃음소리, 이리저리 도망치는 소리….

잠깐만, 웃음소리? 전에는 들리지 않았는데? 나는 다시 테이프를 감아 들었다. 낮은 볼륨에서 그 소리는 틀림없이 주변 소음으로 들렸다. 하지만 헤드폰을 끼고 소리를 키워 들으니 웃음소리가 확실했다. 조무사가 내뱉는 욕설 사이사이로 킬킬대는 웃음이 아주 멀리서 잡힌 소리처럼 뒤쪽에서 낮게 들렸다. 미미하긴 하지만 그래도 마이크에 들어와서 녹음이 됐다는 건 실제로 듣기엔 꽤 큰 소리였다는 것을 의미한다. 제대로 녹음된 건지 의심스러울 만큼 음질이 형편없지 않았더라면 아마 나는 그 자리에서 도망칠 정도로 기겁했을 것이다.

겨우 정신을 차리고 다시 생각해 보니 그 웃음은 사람이 낼 수 있는 소리가 아니었다. 사람의 목소리라 하기엔 지나치게 거칠고 저음인 데다 목 깊숙한 곳을 긁는 듯한 소리여서, 마치 빙하가 무너지는 소리가 사람의 웃음소리 같은 리듬으로 나는 것 같았다. 게다가 너무 멀리서 들리는 듯한 소리였기 때문에, 그냥 세월이 흘러 테이프가 낡으면서 아무 상관없는 주변 소음이 왜곡되었다고 믿기로 했다. 나는 더 들어봤자 소용없다 여기고 테이프를 꺼낸 뒤 본격적으로 서류를 읽어나갔다.

그 환자

서류 내용은 여기에 옮겨 적지 않으려 한다. 서류를 읽기 전까지는 병원에서 일부러 자신에게 최악의 의사만 배정했다는 조의 생각이 오해라고 생각했지만 다 읽고 나니 그가 옳았다는 확신이 들었기 때문이다. 이렇게 일관성 없고 쓸모도 없는 데다 앞뒤도 안 맞는 환자 기록은 생전 처음이었다. 진단명과 처방 약이 오락가락 갑작스럽게 바뀌다 보니 조가 각종 부작용 때문에 서서히 미쳐버린 건 아닌가라는 생각이 들 정도였다. 대화 치료 시간을 포함해 조를 결박하거나 심지어 재갈을 물렸다는 언급도 있었는데, 내가 보기에는 완전 역효과를 낼 것 같았다. 환자가 말을 못하면 대화 치료를 해봤자 무슨 의미가 있겠는가? 아무튼 여기서 간단하게만 말하면, 끝에 가서는 이들이 의학적으로 부족한 기량에서 느끼는 불만을 무력한 환자에게 화풀이하고 있다는 게 거의 확실했고, 내가 읽은 자료를 근거로 얼마나 많은 의료 소송이 제기될 수 있을까 하는 생각에 몸서리가 났다.

그나마 말이 되는 건 로즈가 작성한 기록뿐이었다. 그러나 그마저도 그녀가 이 병원의 몇 안 되는 유능한 의사라는 걸 보여주었을 뿐, 결국에는 조의 가설을 뒷받침하고 있는 것에 불과했다. 초반에 로즈는 조의 증상을 대수롭지 않게 여겼던 것으로 보인다. 조에 관해 적은 문장마다 그녀의 짜증스러운 목소리가 들리는 것 같았다. 조를 자기 수준보다 떨어지는 환자라고 여기고 기를 쓰고 환자를 재배정 받고 싶어 하는 게 분명했다. 하지만 페이지를 넘길수록 그녀의 말투에서 묻어나던 분노는 극도의 승리감으로 바뀌었다. 동시에 환자가 완치에 가까워져 기록할 필요도 없다는 확신이 점점 커졌는지 갈수록 내용도 짧아졌다. 예를 들면 이런 식이다.

—

조가 최종 치료에 잘 반응함. 일주일 후 다시 점검할 예정. 경과 확인이 그 정도로 오래 걸리지 않을 수도 있음.

글쎄, 로즈가 말한 '최종 치료'가 뭐였든 간에 당연히 어떤 식으로든 결과는 나왔다. 짧막하고 경솔해 보이는 문구를 쓴 지 정확히 일주일 후, 그녀의 마지막 메모가 적혀 있었다. 앞선 기록과 사뭇 다른 내용이었다. 그 메모는 여기 그대로 적겠다.

    —

    본인은 내일부로 코네티컷 주립 정신병원에서 사직
합니다. 저는 환자와 동료의 기대를 저버렸고, 저 자신
에게도 실망했습니다. 이를 만회할 길은 없습니다. 마
지막 월급은 보내지 말아 주십시오. 받을 자격도 없고,
필요하지도 않습니다. 그동안 함께 일할 기회를 주셔
서 감사드리며, 실망시켜 대단히 죄송합니다. 미안합
니다. 정말로 미안합니다.

                                   로즈

  두말할 나위 없이 수상쩍어 보였다. 물론 로즈가 단순
히 치료를 처참한 수준으로 잘못했을 수도 있겠지만, 내
가 보고 들은 바에 따르면 그녀가 자살 시도를 꾸밀 생각
을 품고 의도적으로 조에게 최종 치료를 실시했다는 게
훨씬 그럴싸해 보였다. 그렇지 않다면 성공적인 듯한 치료
를 기록하면서 왜 그렇게 세부사항을 간단히 적었겠는가?
내 생각에 로즈의 행동은 '아무나 접근해서는 안 되는 불

치병 환자'라는 이론에 쐐기를 박은 거나 다름없었다.

자료를 모두 확인하고 나니 더욱 착잡한 마음이 들었다. 조를 한 달간 관찰하겠다는 결심을 바꾸지는 않았지만, 가엾은 한 남자가 비윤리적이고 잔혹한 병원에 의해 얼마만큼 학대를 당했는지 의학계 상급 기관에 입증하려면 뭐가 필요할까 벌써부터 궁금해졌다. 실은 앞서 유령 같은 웃음소리를 들었을 때만 해도 뭔가 놓쳤을지 모른다고 생각했는데, 여태껏 테이프를 보관해온 사람이 로즈이다 보니 아무래도 그녀가 손을 댄 게 아닌가 싶었다. 어쨌든 내가 볼 때 악몽 속에서 살아온 사람은 조였지, 그의 조무사나 의사가 아니었다.

그러고 보면 내가 조를 환자로 맡겠다고 했을 때 브루스가 이를 갈 만도 했다. 이제야 게으르고 무능한 브루스가 이 병원의 관리자이자 의사인 것이 설명이 된다. 그에게 누군가를 치료하라고 병동 책임자를 맡긴 게 아니었다. 병원에 하나밖에 없는 확실한 수입원을 지키는 교도관 역할을 하라고 맡긴 거였다. '그 일'을 제외하고는 병원 일에 전혀 관심이 없고 '환자가 무감각해질 때까지 약이나 먹여'라는 말이나 해대는 인간에게 사람들을 돕는답시고 들쑤

　　　　　　　　　　　　　그 환자

시고 다니는 내가 당연히 눈엣가시 같았을 것이다. 그런 자극이 자기 자리를 지켜오던 방식을 위협했을 테니 말이다. 그런데도 조에게 가까이 가지 못하도록 하면서 나를 위하는 척하다니, 웃기지도 않는다. 나이만 처먹은 놈이 제 밥그릇 챙기려고 한 짓이었다.

더욱이 모든 일이 네시의 자살을 완전히 새로운 시각으로 비추었다. 다정하고 나이 지긋한 그녀는 병원에서 무슨 일이 벌어지고 있는지 누구보다 잘 알고 있었을 것이다. 조가 아이일 때부터 담당 간호사였는데 어찌 모르겠는가? 어쩌면 그녀에게 조는 자식이나 다름없었을 지도 모른다. 그런데도 이곳에서 30여 년간 조를 강제로 감금하고 약물과 가스라이팅으로 고문하는 일을 맡아왔다. 남들이 조를 맡는 걸 네시가 원하지 않을 만도 했다. 조를 친절하게 대하는 사람은 자신밖에 없다고 믿었던 모양이다. 그렇다고 오랫동안 집처럼 여기던 병원을 떠날 수도 없었을 테고, 결국 더 이상 그 일을 감당하기 힘들었던 네시는 죄책감에 스스로 목숨을 끊은 것이다. 그녀가 왜 그렇게까지 조에게서 떨어지라고 경고했는지 그제야 이해가 됐다. 자신과 똑같은 죄책감에 시달리지 않기를 바랐던 것이다.

이게 다 그 잔인하고 오만한 여자가 야망에 눈이 먼 나머지, 첫 담당 환자로 가짜 환자를 받은 사실을 견디지 못해 일어난 일이었다.

　그래도 어느 정도 마음이 놓였다. 모든 게 공포 소설 같은 얘기가 분명하지만, 적어도 진짜 귀신이나 괴물이 나오지는 않았으니까. 언제나 그렇듯, 괴물보다 무서운 인간에 대한 이야기였다. 나는 서류를 덮으며 만약 로즈가 진짜 괴물이라면, 이 이야기가 끝날 때쯤 그녀의 심장에 손수 말뚝을 박아주리라 맹세했다.

　　　　　　　　　　　　　　　　　　　　　그 환자

Part 5

녹음테이프를 듣고 난 다음날 나는 곧장 두 번째 면담을 위해 조의 병실로 갔다. 조는 침대에 느긋하게 누워 카드 게임을 하고 있었다. 솔직히 그 모습을 보고 나는 마음이 놓였다. 조가 자신의 주장처럼 제정신이라면, 아무리 비윤리적인 의사라 해도 그에게 놀잇거리를 주지 않는 건 잔인한 일이었을 것이다. 조가 나를 보며 전날과 같은 비뚜름한 웃음을 지었다.

"여어, 의사 양반, 또 보니 반갑네. 어쨌든 처음인데 내가 무섭지 않았나 봐."

나는 정중하게 웃었다.

"안녕하세요, 조."

조가 책상다리를 하고 침대에 앉더니 구석에 접혀 있는 의자를 가리켰다.

"나 때문에 그렇게 서 있지 마, 앉아."

나는 방 한가운데로 의자를 끌어와 조를 보고 편하게 앉았다.

"어젯밤 당신의 서류를 전부 읽어봤어요."

"아, 그래?"

조가 눈썹을 치켜떴다.

"그래서? 다들 내가 얼마나 위험한 미치광이라고 하던가?"

"잘 아실 텐데요."

그의 표정이 어두워졌다.

"물론, 알지. 그런데 그걸 믿어?"

"솔직히 뭘 믿어야 할지 모르겠어요. 전임자들이 의학의 힘을 모범적으로 보여주지 않은 건 인정하지만, 이해가 되지 않는 부분이 꽤 있어요."

"그래? 나는 남는 게 시간이라네, 선생."

조가 차분히 말하더니 카드 더미마다 패를 옮기며 게임을 계속했다.

"얼마든지 물어봐."

"좋아요, 당신 말이 사실이라고 칩시다. 병원에서 당신 부모에게 계속 치료비를 청구하려고 당신을 지금껏 여기에 가뒀다고 해보자고요. 부모님이 이 사실을 알게 되면 가만히 계실까요?"

조가 코웃음을 쳤다.

"당연하지, 신경은 무슨. 내 부모는 아주 부자라 내가 완벽한 애가 되어 본인들을 돋보이게 할 때만 신경을 썼거든. 내가 기대에 못 미친다는 걸 알자, 이웃들이 말도 꺼내지 못하도록 여기 가두는 게 낫다고 여긴 모양이야."

"어떻게 그리 확신해요? 당신이 병원 수입원으로 갇혀 지내는 걸 모를 수도 있잖아요? 진짜로 치료가 필요하다고 생각하신 건 아닐까요?"

조가 킬킬 웃었다.

"순진한 소리 하고 있네."

"왜죠?"

카드 더미 사이로 다시 패를 옮기던 조가 멈칫하더니, 고개를 들어 나를 노려보았다. 그의 목소리는 침착했지만 음절 하나하나에 아픔이 녹아 있었다.

"나한테 관심이 있다면 왜 날 찾아오지 않지?"

나는 반감을 사거나 미끼에 걸린 듯 보이지 않도록 별다른 표정을 짓지 않았다.

"조, 이 병원의 모든 사람이 당신을 가까이 하지 말라는 소리를 듣고 지내요. 의사조차 말이죠. 당신 부모님도 그런 소문을 진짜라고 믿고 있을지도 모르잖아요."

"30년이야, 30년! 1, 2년도 아니고 자그마치 30년이라고. 그 사이에 한번 정도는 찾아와서 유리창 너머로 잘 있는지 들여다 볼 수도 있는 거잖아? 아니면 담당 의사라도 만나보든지. 내가 이 생지옥에 갇혀 있는 동안 내 부모를 만났다는 담당의는 없었어. 여기 들어오는 조무사인가 뭔가 하는 몇몇 놈들에게도 직접 물어봤지만 외부에서 나를 찾아오는 사람은 없다더군. 현실을 봐, 선생. 우리 부모가 날 여기서 썩게 내버려둔 거야. 자기들을 귀찮게 하지만 않으면 내가 어디 있든 안중에 없다고."

내가 충분히 설득된 것으로 보이지 않았는지, 아니면 아픈 곳을 건드렸던 모양인지 조의 좌절감은 더욱 깊어졌다.

"하나 얘기해주지, 선생. 그러면 내 부모가 얼마나 피도 눈물도 없는 인간들인지 알게 될 거야. 내가 다섯 살 때, 그러니까 두 사람이 나를 버려야겠다고 생각하기 불과 일 년 전이지. 우리 가족 사유지에 있는 숲에서 길고양이 하나를 만났어. 여느 길고양이 같지 않게 순하고 사람을 잘 따랐지. 내가 쓰다듬거나 안아도 가만히 있더라고. 나는 그 녀석을 파이버우드 플라워, 아니면 짧게 파이버라고 불렀어. 아버지가 섬유업으로 성공해서 '파이버우드'라고 말하는 걸 자주 들었거든. 게다가 고양이가 귀여워서 꽃이라고 부르면 적절할 것 같았어. 아직 애였잖아, 말을 갖다 붙이는

그 환자

게 멋있어 보였지. 아무튼 결국엔 고양이가 숲에 숨어 있지 않고 날 보러 사유지로 들어오기 시작했어. 나는 먹다 남은 음식을 싸와서 놓고 가곤 했고, 우리는 어느 정도 친해졌지. 부모님이 알기 전까지는 말이야."

조는 주먹을 꽉 쥐었다.

"아버지는 고양이 알레르기가 있었어. 내가 우리 땅에 몰래 고양이를 데리고 왔다는 걸 알고 엄청 화를 냈지. 나는 앞으로 말도 잘 듣고 고양이가 속 썩이지 않게 하겠다고, 파이버는 착한 데다 내 친구라고 필사적으로 말했지만 아버지는 신경도 안 썼어. 곧장 집 밖으로 나가 파이버가 앉아 있는 곳으로 가더군. 만났던 사람들마다 그 녀석에게 잘해줬기 때문에 파이버는 도망가지 않았어. 차라리 도망갔다면 좋았을 텐데. 아버지는 파이버를 집어 들고 빌어먹을 숲으로 걷어차 버렸고, 내게 한 번만 더 그 녀석에게 얼씬댔다가는 같은 꼴을 당할 거라고 했지. 그러고 나서 채찍으로 날 때리고 방에 가뒀어. 파이버는 두 번 다시 볼 수 없었지."

조가 말을 멈추고 카드를 내려다보았다. 그리고 고개를 들어 나를 뚫어지게 쳐다보았다.

"아, 내가 발가벗겨진 채 채찍질을 당하며 정원에서 울고 불고하는 동안 어머니는 어디 계셨는지 궁금하겠지. 어머니는 아버지에게 '옆집에서 들을지 모른다'며 그만하라고 했어. 아버지가 버럭 화를 냈지. '옆집에서 듣는다고? 조셉이 우리 땅에 몰래 고양이를 데리고 왔어, 마사. 엿같은 고양이를 데려왔다고! 내가 고양이 주변에 있으면 어떻게 되는지 알잖아, 내가 뒈졌으면 좋겠어? 옆집에서 수군대지 않게 내가 개죽음을 당했으면 좋겠냐고!' 아버지가 얼굴을 후려치는 바람에 어머니가 쓰러졌어. 그 뒤로 어머니는 두 번 다시 아버지에게 대들지 못했지. 나도 심하게 두들겨 맞긴 했지만 일주일 정도 시퍼렇게 부은 어머니 눈을 보는 게 더 고통스럽더군. 내가 왜 여기 있나 생각할 때마다 그런 눈을 하고 돌아다니던 어머니가 떠올라. 나를 탓하셨던 것 같아. 솔직히 나 자신도 너무 어리석었다고 자책하곤 했으니까. 아직도 어머니가 멍든 눈으로 나를 노려보는 꿈을 꿔. 가끔은 잠에서 깨 그런 일을 겪게 한 죄로 내가 지금 여기 있는 게 아닌가 생각하기도 해. 바보 같은 생각이라는 걸 알지만, 사랑에 목마른 아이들은 부모에게 다시 사랑받을 수만 있다면 뭐든 자기 잘못이라고 여기기 마련이니까."

그 환자

속이 메스꺼워지는 얘기였다. 나는 조와 눈높이를 맞추며 말했다.

"당신 말을 믿어요."

그러자 조의 표정이 놀라울 정도로 변하더니, 나를 올려다보며 안도감이 묻어나는 미소를 지었다. 조가 고양이 사건을 설명하면서 보인 구체적인 묘사와 진솔한 감정은 망상이라기엔 너무나 명확했다. 나는 그 얘기를 조의 마음속 깊은 곳을 파헤쳐 나가는 데 도움이 될 이정표로 보았다.

조의 가슴 시린 사연을 듣고 그에게 느꼈던 연민은 병실을 나온 후에도 오랫동안 마음속에 남았다. 사실 연민이란 감정은 내가 의사라는 직업과 인연을 맺는 데 끊임없이 영향을 미쳤다. 한때는 내 어머니 같은 환자를 구하고자 막연하게 열악한 환경에서 근무하기를 결심했었다면, 지금은 지극히 개인적인 이유로 이 병원에서 일하고 있다. 이제 나는 조가 제정신이라고 거의 확신하며, 그를 구원하는 것이 피할 수 없는 운명처럼 느껴졌다. 조는 내가 필요하다. 자신이 정상이라는 걸 입증함과 동시에 지난 30년간의 감금과 학대로 인해 생긴 잠재된 정신 질환을 뿌리 뽑으려면 내가 도움을 줘야 한다.

의심이 확신이 되자, 병원에 출근하는 길은 생각보다 더 긴장됐다. 다년간의 수련을 마치고 취직한 사실상 첫 직장에서 대놓고 병원장의 명령을 거스르기로 마음먹고 나니, 일상적이던 것들이 갑자기 모종의 음모를 품고 있는 것처럼 느껴지기 시작했다. 나는 아침 회의 때마다 여러 치료사의 행동을 유심히 살폈고, 교대 근무를 하는 간호사들도 주시했다. 환자들에게 약을 처방할 때도, 혹시 이 처방 기록이 나중에 나를 모함하는 데 쓰이진 않을까 염려해 신중에 신중을 기했다.

병원 내 모든 것에 신경을 곤두세우자 어느 정도 패턴이 눈에 보였다. 무엇보다 병원에서 알아주는 거구인 조무사 두 명이 나를 따라다니고 있는 게 확실해졌다. 한 명은 마빈이라고 하는 대머리에 피부색이 창백한 거인으로 키가 최소 2미터는 되어 보였고, 그가 입은 조무사복은 떡 벌어진 가슴과 문신을 새긴 양팔에 의해 언제나 팽팽하게 펴져 있었다. 다른 하나는 행크라는 인물로 드레드락스 머리를 한 흑인이었는데, 마빈 만큼이나 덩치가 커서 자기 몸의 두 배나 되는 병원 물품도 거뜬히 짊어질 것처럼 보였다. 두 사람은 어디에 있든 눈에 쉽게 띄었지만, 당시 나는 그들이 뭔가 악의를 가지고 내 주변에 항상 잠복하고 있다고 느꼈다. 물론 나를 노골적으로 염탐하지는 않았다. 워낙 재치가 넘치는 사람들이라 내가 슬쩍 볼 때마다 차트를 확인한다거나 산더미 같은 비품을 창고로 옮기며 일하는 시늉을 했다. 처음에는 신경이 좀 쓰이는 정도였지만, 며칠이 지나자 몹시 불안해졌다. 조의 치료를 맡겠다고 했을 때 로즈가 긍정적이었던 것 같았기에 나를 감시하는 태도는 모순돼 보였고 그녀에 대한 불신 역시 커졌다.

하지만 어쨌든 적어도 한 달 동안은 조를 지켜보기로 했으므로, 그동안 조를 위해 할 수 있는 일을 찾아보기로 했다. 환자 기록에 적힌 조의 '불가사의한 정신병'을 치료할 수는 없다 하더라도 다른 문제들은 다룰 수 있었다. 예를 들어 그가 우울증을 앓고 있는 것은 분명했다. 거기에는 타당한 이유가 있었고, 굳이 다른 일을 언급하지 않아도 부모의 학대로 사람을 못 믿게 된 게 확실해 보였다.

그러므로 예전보다 회의적이긴 해도 조의 서류를 다시 볼 필요가 있었다. 이제는 대부분 날조된 것처럼 보이기는 하지만, 누가 작성했든 몇 가지 사항은 굳이 숨기려 하지 않았다는 걸 알 수 있었다. 그중에서도 아마 가장 중요한 사실은 조가 보호자에 의해 수용됐다는 것이었는데, 그 말은 곧 이론적으로 볼 때 조가 열여덟 살이 넘었으므로 자기 발로 병원을 나갈 수도 있었다는 뜻이었다. 다음 만남에서 나는 이 얘기를 꺼내보기로 했다.

"왜 그냥 병원을 나가지 않는 거죠?"

나는 2주차 치료 기간 중 병실에서 조와 카드 게임을 하면서 물었다.

"부모님께서 당신이 어디 있는지 정말로 신경 쓰지 않는다면 그냥 떠나버리면 되잖아요? 범죄자로 수용된 것도 아니고, 법적으로 성인이니 의사의 소견과 상관없이 퇴원해버릴 수 있을 텐데요."

"내 서류를 전부 읽었다고 하지 않았나?"

조가 조용히 물었다. 순간 방안이 싸늘해졌다.

"물론이죠."

"그럼 답을 알 텐데?"

"아뇨, 전 당신이 여기 계속 있는 이유를 모르겠어요."

조가 한숨을 푹 쉬었다.

"열여덟 살이 되던 해에 떠나려 했어. 그런데 그런 무시무시한 환자 기록을 보고 누가 나를 내보내려 했겠어? 대

　　　　　　　　그 환자

신 2~3년마다 새로 의사를 보내 계속 장난질을 치려고 했지. 의사들이 너무 무서워하자 이번엔 헛소리를 지어대기 시작하더군. 개새끼들. 껌 좀 줘봐."

나는 치료 도중 조가 달라고 할까 봐 언제나 껌을 가지고 다녔다. 껌을 하나 꺼내 건네자 조가 질겅질겅 씹어댔다. 그러더니 다소 마음이 누그러졌는지 말을 이어갔다.

"네시가 매일 밤 약을 줄 때 나는 내가 곧 나가게 될 줄 알았어."

"네시요?"

나는 눈을 동그랗게 뜨고 물었다. 입술이 바짝 말랐다.

"네시가 무슨 상관이 있죠?"

조가 애처로운 듯한 표정으로 나를 바라보았다.

"네시를 아는군."

그가 구슬프게 말했다.

"자, 그럼 말해봐, 선생. 네시가 훌륭한 교도관이 될 것처럼 보이나?"

생각할 필요도 없었다. 내가 고개를 젓자 조는 슬픔에 잠긴 얼굴로 미소 지었다.

"선생 말이 맞아. 그럴 사람이 아니었지. 네시는 병원의 만행을 알고 있었고 그 때문에 속으로 괴로워했어. 동시에 나는 병원에서 네시를 해고할 수 없고, 그녀 역시 떠날 마음이 없다는 것도 알았지. 내가 병원의 비밀을 폭로하겠다고 네시를 설득할 수 없었던 건 순전히 그녀가 이곳에 너무 애정을 가졌기 때문이야. 말하자면 그녀를 본 마지막 날 밤까지는 그랬다는 거지. 거 왜 네시가 '자살'하던 날 알지?"

"혹시 말하려는 게…."

"병원에서 그것 때문에 네시를 죽였느냐고? 아니지. 그렇게 말하고 싶어도 증명할 방법이 없잖아. 그래도 덕분에 여기서 나간다는 환상 따윈 깨끗이 사라졌어. 내가 나가려고 하면 또 누군가가 희생될 거야."

정신과 의사로서 내 소견은 조가 오랜 고립 생활로 인해 병원을 벗어날 가능성에 대해 망상적인 태도를 보이는, 일종의 편집증을 앓고 있다고 판단됐다. 30년이라는 세월을 갇혀 지냈으니 당연한 반응이기도 했다. 다른 환자였더라면 나는 속으로 그렇게만 생각하고 크게 걱정하지 않았을 것이다. 하지만 다른 일에는 의식이 또렷한 그가 감금에 대해서만 편집증을 앓고 있다는 건 설명하기 어려웠다.

그 환자

게다가 만약 이 모든 것이 망상에 불과하다면, 네시의 죽음은 어떻게 설명하겠는가? 나는 네시가 죽기 전 아주 잠깐 그녀를 만났었다. 피곤하고 자신에 대한 확신이 없어 보여도, 그래, 자살을 생각하는 사람과는 거리가 멀었다. 그리고 만에 하나 조가 망상에 빠진 게 아니라면, 병원의 행태는 의료 과실 차원을 뛰어넘어 심각한 범죄 공모에 해당한다. 이 엄청난 일에 끼어들었을 때 내게 어떤 일이 벌어질지 겁이 나지만, 사람이라면 결코 모른척할 수는 없는 일이었다.

하지만 아무리 생각해 봐도 법을 어기지 않고 뭔가를 하는 건 전혀 가망이 없어 보였다. 만약 이 일을 경찰이나 의료 위원회 같은 공권력에 고발한다면, 정신병자의 말만 믿고 음모론을 제기하는 미친놈 소리를 듣게 될 것이 분명했다. 나조차도 조와 만나서 대화를 나누기 전까지는, 30여 년간 '불치병'이라 여겨졌던 정신 질환이 치밀한 공동 범죄의 산물이며, 끔찍한 진료 기록 역시 전부 떠도는 소문에 불과하다는 사실을 믿는 것이 힘들었으니까.

항의의 표시로 사직서를 낸다 해도, 그건 조를 포기하는 것과 다름없었다. 물론 조를 평범한 환자처럼 계속 치료하고 네시가 그랬듯 친절하게 대하면서 가능한 한 즐겁게 수용 생활을 하게끔 최선을 다할 수도 있었다. 하지만 그렇게 소극적으로 관여하기엔 부아가 치밀었다. 도대체 얼마나 많은 사람이 매달 받는 돈의 유혹과 '좋은 게 좋은 거지'라는 식의 생각으로 내 어머니 같은 문제 환자들을 잔인하게 치료하는 데 자신의 범죄 가담을 합리화했을까?

길은 하나밖에 없었다. 조를 몰래 도망치게 할 방법을 찾아내는 것. 속으로 나는 계획이 실패했을 때 내게 일어날 수 있는 일들에 대해 생각했다. 마음 같아선 병원에서 받을 최악의 조치가 해고이기를 바랐다. 해고로 끝나지 않고 병원에서 나를 고소한다면 다시는 의료 행위를 하지 못할 수도 있을 것이다. 하지만 로즈가 그렇게까지 앙심을 품고 달려든다면 난 이 모든 일을 폭로해서 그녀에게 한방 먹일 수도 있을 테니 적어도 잃을 것은 없어 보였다. 물론 네시가 겪은 일을 고려해 볼 때 병원에서 더 심한 짓을 하는 것도 가능하겠지만, 솟아날 구멍 하나 없을까. 미리 알고 대처하면 분명 나를 지킬 방법을 찾을 수 있을 것이다.

거기까지 생각이 미치자 마음이 복잡해졌다. 하지만 반대로 만약 성공한다면? 편집증 중세가 다소 있기는 해도 본질적으로 안정적인 환자를 사회에 내보냈으니 양심에 거리낌 없이 병원에서 계속 일할 수 있을 것이다. 그거면 됐다. 내게는 나쁜 상상 열 가지보다 그 하나의 사실이 더욱 중요했다.

일을 벌이기에 앞서 나는 조슬린과 상의했다. 혹시 잘못되면 내 인생 전체가 영향을 받을 테고, 이는 내 약혼녀에게도 파급을 미칠 거라는 소리였다. 그녀는 조가 위험한 인물이 아니라는 걸 얼마나 확신하는지 내게 자세히 물어봤다. 그러더니 스스로를 믿느냐고 물었다. 나는 뭐라고 대답해야 할지 몰라 당황했다. 그러자 그녀가 말했다.

"당신이 자기 자신을 믿지 않으면, 환자든 동료든 아니면 나든 간에 어떻게 당신을 믿을 수 있겠어요?"

맞는 말이긴 하지만 뭐, 상황이 그랬다. 이제껏 밝혀지지 않았던 질환을 앓고 있는 환자를 맡아 치료하면 모든 게 술술 풀릴 거라고 믿었는데, 정확히 한 달 후에 나는 그를 탈출시켜 의사 경력이 파탄 날 지경에 처해 있다. 내가 뭔가에 홀린 건지, 신의 장난에 놀아나고 있는 건지 확신할 수 없었다. 한 가지 확실한 건, 그냥 지나칠 수 없다는 것이었다.

어느 정신병원에서든 환자를 탈출시키는 건 쉽지 않은 일이다. 조의 경우는 말할 것도 없었다. 사방에 CCTV가 설치되어 있었고, 직원들은 누가 병실이나 병동 열쇠를 가졌는지 주의 깊게 살폈다. 조를 빼돌리고 나도 살고 싶으면 사고처럼 보여야 했다.

병원 근무 인원이 최소일 때에야 계획이 성공할 가능성이 있었기에 나는 감행에 앞서 몇 주 동안 야근을 하기로 했다. 진료가 끝난 시간에 누가 돌아다니는지도 파악하고, 무엇보다 사람들이 그 시간에 나를 봐도 이상하게 여기지 않도록 하기 위해서였다. 게다가 네시가 죽은 뒤로 업무량이 많이 늘어난 터라 실제로 병원에 남아 일을 처리할 시간도 필요했다.

구체적인 계획은 이랬다. 먼저 실수인 척 조의 병실에 병실 열쇠가 들어 있는 내 의사 가운을 두고 온 뒤, 화재경보기를 울려 직원 대부분이 병원 밖으로 대피하면 조가 탈출할 수 있게 길을 터주는 것이었다. 또한 껌 통 안쪽에 병원 평면도를 그려 사람들이 잘 이용하지 않는 화재 비상구를 표시한 다음 조에게 건네 탈출하는 길을 알려주고자 했다.

돌이켜보면 망할 게 뻔한 너무나 어설픈 계획이었고 조

그 환자

역시 내 설명을 듣더니 문제점을 지적했다.

"선생은 나보다 더 미쳤군."

조가 특유의 비뚜름한 미소를 지으며 말했다.

"계획대로 되면 내 손에 장을 지질게."

"성공할 거예요. 여기서 당신을 정신 질환 범죄자에 가깝게 취급하고 있다고 하더라도, 이 병원은 원래 범죄자를 수용하는 곳이 아닙니다. 그러니 보안이 엄청 취약해요. 거기다가 직원들도 하나같이 게을러터졌죠. 누가 탈출할 거라고는 꿈에도 생각하지 않을 거예요. 실제로 이 병원에서 가장 골칫거리인 당신도 지금까지 탈출을 시도한 적이 없잖아요. 게다가 네시 일이 있고 나서는 당신에 대한 소문이 더 기괴해져서 당신의 탈출을 돕는 사람이 있을 거라는 생각은 더더욱 하지 못할걸요?"

조는 체념한 듯 고개를 저었지만 반짝이는 눈을 보니 내가 그에게 처음으로 한 줌 희망을 준 것 같았다.

"음, 혹시 모르니까 화장실도 가지 않을게."

조가 쓸쓸하게 말했다.

"만약 내가 잡혀서 여기 다시 갇히더라도 선생 생각이었다고 말하지는 않을 거야. 애써준 것만으로도 신께서 선생을 어여삐 여길 걸세. 이 은혜는 평생 잊지 않을게."

자, 이제 남은 일은 계획을 실행에 옮기는 것뿐이었다. 실행에 옮기기에 완벽한 타이밍이 3주 후에 찾아왔다. 나는 복도를 따라 조의 병실로 걸어갔다. 불안해서 손바닥에 땀이 차고 속이 울렁거렸다. 정신병 환자들이 희미하게 중얼거리는 소리가 머릿속에 요동치는 생각과 뒤섞여 미친 듯이 귓가에 울려 퍼졌다.

'일이 잘못되면 병원에서 날 쫓아내는 것만으로 끝날까? 다른 사람들에 대한 경고의 차원에서 본보기로 삼으면 어떡하지? 네시의 죽음만으로는 모자라다고 생각할 수도 있잖아? 로즈를 만나봤잖아, 그녀는 절대로 대충 넘어갈 사람이 아니야. 그런데 이렇게까지 할 필요가 있나? 지금이라도 그냥 돌아서서 집으로 갈까? 그래, 지금 돌아가야 해. 나는 약혼녀도 있고, 앞날도 창창하잖아. 따지고 보면 나와 상관없는 일이야.

아니, 해야만 해. 조를 구하는 건 옳은 일이야. 화를 당하는 게 두렵다고 범죄의 방조자가 되어서는 안 돼. 게다가 병원에 근무하는 직원이 별로 없어서 내가 화재경보기를 울릴 때쯤이면 조의 탈출을 막을 만한 사람이 거의 남

그 환자

아 있지 않을 테니 계획은 실패할 리 없어. 괜찮을 거야…'

조의 병실 앞에 서자 육중한 발걸음 소리가 들렸다. 돌아서서 보니 조무사 행크가 침대보를 한 아름 안고 복도를 따라 천천히 걸어가고 있었다.

'빌어먹을. 내가 뭘 하는지 알았으면 어떡하지? 아니, 불가능해. 아무도 알 수가 없어. 행크가 복도를 지나갈 때까지 병실 안에서 기다리기만 하면 돼. 행크의 발소리는 문틈 사이로도 들릴 테니까. 괜찮을 거야. 다 괜찮을 거야.'

나는 숨을 고르는 데 집중했다. 불안해 보이는 건 도움이 안 됐다. 태연한 척 열쇠를 돌리고 조의 병실로 들어가 조심스럽게 문을 닫았다. 조는 등을 돌린 채 서서 창밖을 바라보고 있었다. 나는 조에게 신경 쓸 겨를도 없이 미친 듯이 의사 가운을 벗어 침대에 올려놓고 자리에 앉아 행크의 발소리에 집중했다. 예상대로 잠시 후 행크는 병실 문 앞을 지나 천천히 멀어졌다. 내가 안도의 한숨을 쉬며 다시 문을 열고 병실에서 나가려는 순간,

"선생?"

고개를 돌리자 조가 나를 보고 있었다. 그의 눈은 잔칫상을 앞에 둔 굶주린 사람처럼, 뭔가 기대하고 갈망하는

듯 보였다.

"왜요, 조?"

"고마워."

조가 쉰 목소리로 나직이 말했다.

"내가 필요한 게 바로 이거야."

표현이 다소 이상했지만 나는 대수롭지 않게 여기고 미
소를 지었다.

"별말씀을요."

조에게 가볍게 목례를 한 뒤 돌아서서 문을 닫으려는
찰나, 난데없이 야구 글러브 같이 커다란 손이 나타나 내
양어깨를 움켜잡았다.

"뭐 잊은 거 없어요, 파커 선생?"

행크의 굵은 목소리가 문 바로 옆에서 들렸다. 순간 나
는 얼어붙었고 가슴이 쿵쾅대기 시작했다. 행크가 내 귀에
대고 낄낄거렸다.

"이렇게 똑똑한 양반도 멍청한 짓을 다 하시네."

그때 등 뒤에서 브루스의 걸걸한 목소리가 들렸다.

"잘 있었나, 헛똑똑이?"

제길, 망했다.

그 환자

"놀라운걸. 이번만은 할 말이 없군."

브루스가 의기양양하게 행크 뒤를 돌아 나오며 악마처럼 활짝 웃었다. 그러더니 입에서 위스키 냄새가 풍길 정도로 가까이 내게 몸을 기울였다.

"이제 사람을 보내 병실에서 자네 가운을 가져오도록 하지. 그럼 자네랑 나는? 로즈에게 가야지, 오늘 밤 저기서 네가 저 미친놈과 하려던 계획을 낱낱이 불어야 할 거야."

그 말을 듣고 정신이 든 나는 행크의 손을 뿌리치려 했지만 아귀힘이 철봉처럼 단단했다.

"이거 놔요!"

내가 목소리를 낮춰 말했다.

"무슨 소릴 들었는지 모르지만 오해에요, 행크. 병원에서 저기에 정상인을 가두고 있는 거라고요! 저 환자가 병원에 돈을 많이 가져다주니까 정상인지 아무도 신경 쓰지 않는 거예요! 병원장이 비밀을 감추려고 네시를 죽였을지도 모른다고요! 이거 놓고 환자랑 얘기해 봐요, 그러면 알 거예요. 정말이에요!"

브루스가 키득거렸다. 행크는 같이 웃지 않지만 움켜쥔 손을 풀지 않았다.

"알아, 병원장도 네가 그렇게 말할 거라고 했거든. 미안, 애송이. 그럴 순 없어."

실패에 따른 엄청난 압박감이 한꺼번에 나를 짓눌렀다. 안 그래도 이미 불법 행위를 저지른다는 불안감에 극도로 흥분한 상태였다. 그때, 뭔가 섬뜩한 소리가 들렸다.

조의 방에서 누군가 웃고 있었다. 조는 아니었고, 그럴 리도 없었다. 그건 절대로 사람의 소리가 아니었다. 대신 음산하고 축축한 목소리로 킥킥대는 웃음이 꼭 썩어가는 목구멍에서 나는 것 같았다. 전에도 들어본 목소리였다. 꿈속에서 어머니가 피와 오줌이 번들거리는 웅덩이로 끌려 들어갈 때 들었던, 바로 그 웃음이었다.

나는 온몸에 소름이 돋았지만 행크와 브루스는 아무렇지 않은 듯 보였다. 두 사람이 웃음소리를 들었는지조차 확실하지 않았고 솔직히 나도 물어볼 경황이 없었다. 결국 나는 행크에게 끌려가며 조의 방문만 빤히 쳐다보았다. 악몽에서 듣던 쉰 목소리가 복도와 머릿속에 울려 퍼졌다.

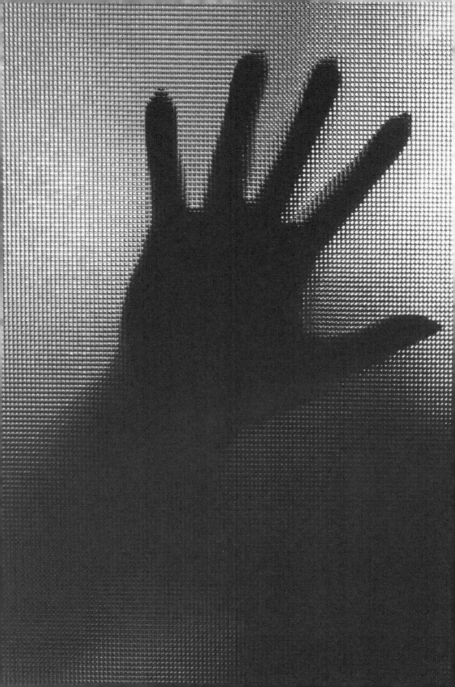

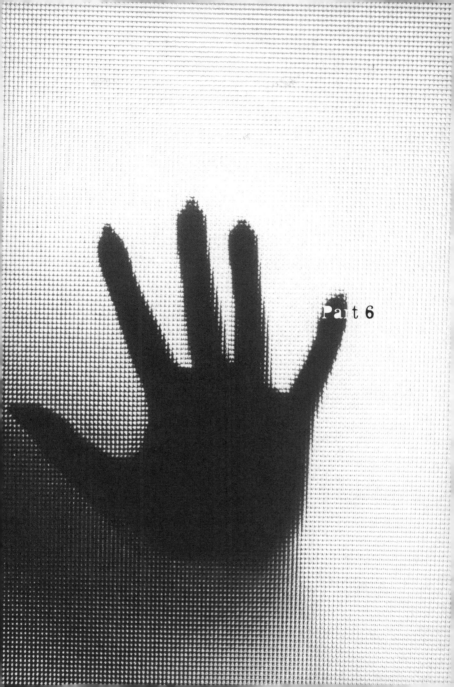

Part 6

브루스는 꼭대기 층에 있는 병원장실로 가는 내내 흡족한 표정을 지었다.

"병원에 들어올 때부터 네놈 속셈을 훤히 꿰고 있었지. 명문대 출신의 잘난 척하는 새끼가 내 밑으로 들어온다고 했을 때부터 문제를 일으킬 줄 알았다고. 병원장한테도 병동이 잘 돌아가고 있고, 남들보다 똑똑한 줄 아는 햇병아리가 일을 그르치게 하면 안 된다고 말했지. 하지만 기어코 너를 받아들이더군. 전반적으로 볼 때 네놈이 다른 환자들한테 꽤 잘해서 놀라긴 했어. 너처럼 거만한 놈들끼리는 항상 서로를 추켜세우기 마련이니 병원장도 네가 조한테서 뭔가 알아낼지 모른다고 기대했겠지. 이제 엄청 실망하겠는걸? 내가 경고했지, 개자식아. 명심해. 내 말을 들었으면 넌 아직도 잘나가는 의사였을 거야. 쥐뿔도 모르는 일에 참견하지 말았어야지. 건방 떨고 설치더니…."

농담이 아니라 병원장실까지 가는 십여 분 동안 브루스는 한숨도 쉬지 않고 지껄였다.

나는 앞으로 무슨 일을 겪게 될지 몰랐고, 뭐가 잘못된 건지 알 수 없어 당황스러웠다. 너무 긴장했던 터라 막상 붙잡힐 때 어떤 안도감을 느꼈던 것도 같다. 하지만 조가 아직 갇혀 있다는 게 괴로웠다. 그건 그렇고… 조의 방에서 들린 소리는 대체 뭐였을까? 붙잡힐까 봐 두려워서 정신이 나갔던 걸까? 그렇지 않고 내가 제정신이라면, 어떻게 조가 나의 가장 끔찍한 유년 시절 악몽에 나오던 웃음소리를 흉내 냈을까? 나는 조가 했던 말을 곱씹으며 조의 광기에 전염성이 있다는 로즈의 경고를 떠올렸다. 그 말이 사실인 건지, 아니면 여태까지 다들 나한테 거짓말을 해온 건지, 너무나 혼란스러웠다.

정신없이 날뛰던 생각들은 행크가 병원장실 문을 잡아채고 나를 말 한마디 없이 밀쳐 넣으면서 중단됐다. 하마터면 앞으로 고꾸라져 카펫에 코를 찧을 뻔했다. 나는 잠시 몸을 가눈 뒤 방 안에 있는 사람들을 둘러보았다.

그래, '사람들'이다. 거기엔 당연히 병원장인 로즈가 있었다. 그녀는 책상 앞에 서서 눈을 부릅뜨고 나를 내려다보고 있었다. 썩어가는 동물의 사체를 주시하며 먹을 가치가 있을지 생각하는 한 마리의 매 같았다. 그녀 뒤로 또 한 사람이 보였다. 병원장을 위해 마련된 고급 안락의자에 웬 노인이 앉아 있었다. 주름진 얼굴과 숱이 적은 은발 탓에 적어도 70~80대 이상은 된 것처럼 보였다. 노인은 지쳐보였

그 환자

지만 낡은 은테 안경 너머로 보이는 눈빛만은 또렷하고 냉랭했다. 사복형사라 하기엔 너무 나이가 들어 보이는데, 대체 누굴까? 누구인지는 모르겠지만 로즈가 자기 자리를 내어준 것만 봐도 중요한 인물이라는 걸 알 수 있었다.

로즈가 몸을 돌려 행크와 브루스에게 말했다.

"고마워요, 다들. 여기서부터는 제가 맡죠."

두 사람이 떠나자 로즈는 발걸음을 옮겨 조용히 문을 닫았다.

"이 친구가 새로 들어온 의사인가 보군, 로즈?"

노인은 헛기침을 한 뒤 중부 대서양 억양이 섞인 귀족적인 말투로 말했다. 어디 말투인지 정확히 알 수는 없어도 왠지 이상하게 낯익은 목소리였다.

로즈가 대답 대신 고개만 끄덕였다. 그녀의 고갯짓을 보자마자 나는 뭔가 어울리지 않는다는 생각이 들었고, 잠시 후 그 이유를 깨달았다. 고개를 숙였을 때 그녀의 표정은 내게 지었던 것처럼 퉁명스럽거나 오만하지 않았다. 오히려 부드럽게 존경을 표하는 얼굴이었다. 이유야 어쨌든 나는 단순히 로즈의 약점을 감지한 게 기뻐 바닥에서 일어나 비난하듯 그녀에게 손가락질했다.

"좋아, 나를 자르거나 더한 짓을 하려는 속셈인지 몰라도 그 전에 빌어먹을….'

"파커."

로즈가 말을 하려 했지만 나는 곧바로 그녀에게 달려들었다.

"대답해! 내가 속아서 순순히 받아들일 거라고 생각했어? 서류에 적힌 쓰레기 같은 소리로 조를 여기에 평생 가두려는 거야?"

"파커."

"그게 아니라면 왜 깡패 같은 놈들을 두 명이나 붙여서 틈만 나면 나를 감시한 거야? 죄수처럼 나를 여기 끌고 오라고 한 이유가 뭔데? 얼마나 날 감시해온 거냐고, 만약 내가 하려던….'

"파커!"

로즈의 불같은 목소리가 방 안을 휩쓸자 나는 거의 본능적으로 입을 닫았다. 책상 뒤에서 노인이 쿡쿡 웃었다.

"혈기 왕성한 친구군. 누구 생각이 나는 걸, 로즈."

그가 말했다. 로즈의 짜증스러운 표정에 순간 나는 용기를 조금 얻었다.

그 환자

"그때와는 달라. 당신은 대체 누구…."

"파커, 우리 둘 다 후회할 소리 하지 말고 지금 당장 입 다물고 자리에 앉는 게 좋을 거예요."

하이힐을 신은 그녀는 나보다 조금밖에 크지 않았지만, 살벌한 표정과 꼿꼿한 자세 때문에 산처럼 크게 보였다. 공연히 일을 망치고 싶지 않았기에 의자를 찾아 곧바로 앉았다. 로즈가 천천히 숨을 내쉬며 책상에 몸을 기댔다.

"자, 그 전에 먼저 한 가지 분명히 합시다. 당신을 곤란하게 할 생각은 없어요. 행동이 지나치긴 했지만 해고하지도 않을 거예요."

나는 입이 떡 벌어졌다. 그녀가 웃었다.

"조용하군요. 좋아요. 계속 그렇게 있어요. 적어도 지금까지는 아무 일도 없었던 것처럼 봐줄 수 있으니까. 당신이 오늘 밤 조의 방에서 뭘 하려고 했든 넘어가도록 하죠."

그녀가 날카롭게 나를 쳐다보더니 말을 이었다.

"이제 당신의 질문에 답하자면, 조무사들을 보내 지켜보도록 한 이유는 그것이 1973년부터 조를 담당하는 의사들에게 해 온 통상적인 절차이기 때문이에요. 보통은 몇 주마다 사람을 보내면 됐는데, 첫 번째 치료 이후 당신의 반응을 보니 계속 지켜봐야겠다는 생각이 들었어요."

나는 질문을 던지려 했지만 그녀가 재빨리 손을 들어 제지하는 바람에 황급히 입을 다물었다.

"우선 당신은 첫 치료에서 남들보다 두 배 정도 오래 조의 병실에 있었어요. 둘째, 조를 만나고 나온 뒤에 당신은 두려워하는 표정이 아니라 뭔가 역겹고 불확실한 듯한 표정을 보였는데, 이건 지금까지 그의 담당의들에게서 볼 수 없었던 반응이었어요. 실제로 당신을 감시할수록 남들 같지 않더군요. 장시간 치료를 계속하려고 한 데다, 가끔 병실에서 나올 때 기분 좋거나 속이 후련해 보이기까지 했어요. 조무사들이나 나도 이해가 되지 않았죠. 그래서 다른 의사의 소견을 들어보기로 한 거예요."

"이제 내가 나설 차례군."

노인이 말했다.

"제가 소개해 드릴게요."

로즈가 그를 나무라 듯 힐끗 쳐다본 뒤 내게로 다시 고개를 돌렸다.

"두 분이 서로 인사하기에 더할 나위 없이 좋은 타이밍이군요. 파커, 토머스 선생님이에요. 처음으로 조를 치료하셨던 분이죠. 정신과 의사로서 저의 첫 은사님이세요."

불현듯 나는 노인의 목소리를 어디서 들었는지 깨달았다. 늙고 다소 거칠어지긴 했지만 조를 처음 진료했을 때 녹음한 테이프에서 들은 목소리였다. 믿기지 않았다. 만약 이 노인이 정말 토머스라면 내 예상보다 훨씬 나이가 많다는 얘기일 텐데, 그는 30년 전과 비교해도 손색이 없을 정도로 또렷한 정신을 가진 것처럼 보였다. 게다가 그의 눈빛은 또렷한 정신보다 더 날카롭게, 번뜩이며 날 쳐다보고 있었다.

노인은 잠시 나를 살펴보더니 고개를 끄덕였다.

"반갑네, 파커. 로즈에게 자네 얘기를 듣고 모처럼 기대를 했었는데, 이렇게 보게 되다니 실망인걸. 지금껏 조를 담당했던 의사들보다 나은 것도 모르겠고 말이야. 아니, 오히려 일을 저지르려다 잡혀왔으니 최악이라고 해야 하나?"

그 말은 상처에 소금을 뿌린 것처럼 쓰라리게 들렸다. 인간미 없이 매정하게 내뱉은 가혹한 말이었다. 내 얼굴이 침울했는지 노인은 더욱 단호한 표정을 지었다.

"멍청하다는 말을 별로 들어본 적이 없는 모양이군. 알겠네. 그런데 사실 자네가 예측 가능한 인물이라서 천만다행이야. 그렇지 않았다면 자네의 어리석음 때문에 정말로 화를 당했을지도 몰라. 그럼 이제 우리가 어떻게 알아냈는지 답해줄 차례군. 간단하네. 로즈가 말하길 자네가 가장 두려워하는 게 소중한 사람을 구하지 못하는 거라더군. 게다가 네시가 죽은 뒤로 병원에서 자네가 중요하게 여기는 직원이 없고, 진짜 중요한 사람들은 모두 병원에서 멀리 떨어져 있는 것 같다고 했지. 그럼 자연스럽게 한 가지 결론만 남게 되지. 조가 자네에게 최악의 공포를 느끼게 하는 방법은, 동정심이든 죄책감이든 자네를 자극해 자신을 아끼게 만들고는 자네가 그를 구하는데 실패하게 만드는 방법뿐이지 않겠나."

그는 로즈를 향해 고개를 돌렸다.

"그걸 몰랐다고 나무라는 건 아니네, 로즈. 내 기억이 정확하다면 자네도 비슷한 술수에 당했었지."

로즈가 얼굴을 붉히자 노인은 못마땅한 듯 눈동자를 굴렸다.

"그래, 나도 아네. 자네도 여기 이 친구만큼이나 지적받는 걸 싫어하지. 그때는 어렸어. 나이 들어서 그러지는 않잖아."

그가 다시 내게로 고개를 돌렸다.

"자네도 그래야만 하네, 파커. 최대한 빠르게. 오늘밤과 같은 실수는 두 번 다시 용납할 수 없어. 브루스 말처럼 자네를 해고할 수도 있었네. 그 친구가 미련하긴 해도 이 병원을 지키는 방법을 알거든. 하지만 로즈가 자네의 능력을 높이 평가하고 있고 우리의 골칫덩이 환자에 대해 어떤 통찰력을 줄 거라 기대하고 있어."

"그만하셔도 되겠어요, 토머스."

로즈가 말했다.

"아직은 여기 이 딱한 친구가 포기하게 하고 싶지 않은데, 이러다가 지레 겁먹고 관둬버리면 곤란하잖아요. 그리고 선생님이 생각한 대로 일이 흘러가긴 했지만, 그것도 지레짐작이었고요. 파커도 우리가 오늘밤 계획을 어떻게 알아냈는지 알게 되면 좀 정신을 차리겠지요."

토머스는 알았으니 계속 하라는 듯 신경질적으로 손을 휘저었다. 로즈는 나를 향해 돌아서서 헛기침을 했다.

"파커, 느끼고 있을지 모르겠지만, 우리는 지금 당신의 계획에 대해서 최대한 모호하게 얘기하고 있어요. 우리가 받은 제보 내용에 대해 부인할 여지를 남겨놓으려고 그러는 거예요. 당신이 오늘 하려고 했던 짓에 대해서 우리에게 제보를 한 사람은 딱 한 명뿐이에요. 당신이 멍청하게 자백하지만 않으면 우린 그 말을 아예 못들은 걸로 치고 넘어갈 수도 있어요. 자, 지금부터 그 제보자가 누구인지 말해줄게요. 대신 그 전에, 혐의를 인정하는 바보 같은 소리는 하지 않기로 해요. 어때요?"

나는 너무나 얼떨떨했지만 천천히 고개를 끄덕였다. 그때 내 잘못을 덮어주려는 로즈에게 고마움과 안도감을 느끼고 있었다.

"좋아요, 파커. 당신을 여기 데려온 이유는 조무사 중 한 명이 당신이 병원에서 조를 탈출시키려 한다는 소리를 들었다고 제보했기 때문이에요. 그에게 계획을 알려준 사람은 바로 조, 본인이랍니다."

나는 자백하고 싶어도 할 수가 없었다. 로즈의 말을 듣자마자 등골이 오싹해지고 입이 바싹 말라 말문이 막혔다. 입을 열었다가는 토할 것만 같았다. 내 표정을 본 로즈가 책상 서랍을 열어 스카치 한 병과 양주잔을 꺼냈다. 그러고는 잔에 술을 넉넉하게 채워 내게 건넸다.

"이게 필요한 것 같군요. 의사로서 하는 처방이에요."

그 환자

나는 속이 울렁거렸지만 그녀의 처방을 따랐다. 처음에는 오히려 더 메슥거리더니 곧 따스한 기운이 감각을 마비시키며 온몸에 퍼졌고 근육도 상당히 이완되는 기분이 들었다. 로즈가 동정 어린 시선으로 나를 바라보았다.

"로즈, 범법자를 위로할 필요는 없네. 그 친구는 지금까지 치료 과정을 설명해야 해. 누구보다도 조와 대화를 많이 나눴을 거야. 우린 진료 시간에 무슨 일이 있었는지 알아야 해."

내막을 알고 충격을 받아서인지, 갈 곳을 잃어버린 나의 분노 때문인지, 아니면 그저 방금 마신 술 때문인지 몰라도 내 안에서 뭔가가 갑자기 폭발했다. 나를 없는 사람 취급하고 버릇없는 애 대하듯 무시하며 떠드는 데 넌더리가 났다. 받아들일 틈도 없이 쏟아지는 폭로들도 지긋지긋했다. 하지만 몇 가지 사실은 분명하게 이해됐고, 무엇보다 내가 함정에 빠져 실패했다고 생각하니 속이 메스꺼웠다.

나는 토머스의 차갑고 깔보는 듯한 시선을 되받아치며 경멸에 찬 눈빛으로 그를 노려보았다.

"웃기지마, 노인네야. 듣자 하니 당신과 당신 제자가 날 사지에 몰아넣고 구경만 하려고 했었다는 거잖아? 치료가 필요했던 게 아니야, 그렇지? 조가 내게 뭘 했는지 궁금해 하는 걸 보니 그저 나를 실험용 쥐로 쓰고 버릴 생각이었던 거지. 조와 얘기해서 뭘 알아냈냐고? 궁금하면 당신이 아는 걸 먼저 얘기해. 잘난 당신 제자가 왜 목숨을 끊으려했는지, 애초에 조의 치료를 포기한 이유가 뭔지, 조가 무슨 일을 저지를 수 있는지 알고 난 후에도 왜 오랫동안 다른 사람들을 계속 위험에 빠뜨렸는지, 전부 다!"

토머스는 냉정함을 잃지 않은 듯 보였지만 내가 말을 마치자마자 더는 친절한 척하려 애쓰지 않았다. 내가 의분에 차 있지 않았더라면 그의 태도 변화에 겁을 먹었을 것이다. 그에게 맞설 수 있는 뻔뻔함이 대체 어디서 나왔는지 아직도 이해가 안 가지만, 나는 물러서지 않았다. 악몽 같은 정적이 계속되는 동안 내가 시선을 피하지 않자, 마침내 그는 의자에 등을 기대며 짜증스럽게 코웃음을 쳤다.

"그래, 좀 더 얘기해 준다고 나쁠 건 없겠지. 오늘 밤에할 일도 별로 없거든. 하나만 알아둬, 파커. 자네가 자세한 얘기를 듣고 싶으면 받아들여야 할 게 있어. 이 밑에 사는 괴물은 치료할 수 없네. 가두는 방법밖에 없지."

"조의 담당의는 나야. 그건 내가 판단해."

"그래, 그러려고 하겠지."

토머스가 나직이 말했다.

"그런데 자네는 아까와 마찬가지로 아주 중요한 사실을 놓치고 있어. 조의 담당의는 자네가 아니네. 자네는 지금껏 그랬듯 조에게서 정보를 빼내기 위한 도구일 뿐이야. 조의 담당의는 바로 나일세. 그가 처음 병원에 입원했을 때부터 십자가처럼 짊어지고 온 일이지. 이 일로 의사 경력을 포기했고, 은퇴 생활도 포기해야 했어. 평생을 바치는 작업이라고. 내가 죽으면 로즈가 이어서 하겠지만, 그렇게 오랫동안 해결되지 않은 상태로 내버려둘 생각은 없어. 괴물 하나가 세상을 망쳐버리지 않도록 필사적으로 막고 있는 내 사명감을 자네는 몰라. 앞으로도 절대 알지 못하겠지. 그러니 이제부터 버릇없이 말하지 말게. 안 그러면 당장 쫓아낼 테니까."

화가 나서 대꾸하고 싶었지만 어쩐지 좋은 생각이 아닌 것 같았다. 이 냉소적이고 거만한 노인에게 기대할 수 있는 관용은 거기까지였고 그 이상을 요구할 권리가 내게 없었다. 그래서 불만을 참고 마음을 가라앉힌 뒤 최대한 공손하게 고개를 끄덕였다. 노인이 만족한 듯 이야기를 이어나갔다.

"로즈, 그럼 이제 이 친구에게 꼬마 괴물을 치료하겠다고 덤벼들었던 똑똑하고 고집불통인 젊은 의사 얘기를 들려주는 게 어떤가?"

로즈를 올려다보니 뜻밖에 그녀는 이전처럼 냉담한 태도로 나를 쳐다보고 있지 않았다. 대신 두 눈에 슬픔과 연민이 가득했다.

'미안해요.'

그녀가 나만 알아들을 수 있게 입 모양으로 말했다. 그러더니 연구 결과를 발표하는 과학자처럼 또박또박 얘기하기 시작했다.

"내가 조를 치료하기 시작했을 때 그는 겨우 여섯 살이었어요. 병원에 입원한 지 한 달쯤 지나서 맡았죠. 기록을 봐서 알겠지만 당시 내 생각은 간단했어요. 야경증을 방치해서 생긴 외상 후 스트레스로 가학적 성격 장애와 소시오패스 증상을 보인다는 거였죠. 이러한 증상은 가위눌림이나 심각한 벌레 공포증을 동반해 조가 불안감을 느끼기에 충분했어요. 조에게서 쉽게 찾아볼 수 있는 정신적 조로증은 실제 능력보다 상황을 통제하는 것처럼 보이게 하는 방어 기제일 뿐이고, 난폭한 태도는 상상 속 괴물에게 맞서는 데 필요한 자신감을 높이는 행동이라고 여겼죠. 솔직히 당황스러울 만큼 간단한 일이라 시간 낭비라고 생각했어요."

그녀는 잠시 생각을 정리한 뒤 계속해서 말했다.

"내가 제안한 치료 방법은 대화와 최면 요법을 병행해 야경증을 일으키는 트라우마를 직시하고, 수면 시 악몽을 꾸지 않도록 진정제를 투여하는 것이었어요. 여기까지는 당신도 아는 내용이죠. 하지만 치료법이 효과가 있었다는 건 모를 거예요. 아주 볼 만했죠. 처음 며칠 동안은 초기 진단에서 토머스가 기록한 증상들이 거의 나타나지 않았어요. 오히려 다른 증상을 보였죠. 조가 굉장히 저에게… 애착을 느꼈어요."

로즈가 마른침을 삼켰다. 당시 기억이 아직도 고통스러운 듯 보였다.

"과장이 아니에요. 실제로 나를 대리모처럼 대하기 시작했죠. 부모가 눈에 띄게 병원에 나타나지 않는 걸 보고 그들이 멀리 떨어져 산다고 짐작했던 터라 조의 행동이 그리 놀랍지는 않았어요. 조가 내게 애착을 보일수록 병세가 호전되는 것 같았고, 병세가 호전될수록 내게 더 기대는 상황이 반복되었죠. 이전에 소시오패스 같던 모습은 사라지고 겁에 질린 아이로 변해가는 듯했어요."

그녀가 목멘 소리로 말했다.

"그전에 알아둘 게 있어요. 나 역시 어려서부터 부모님과 서먹한 관계였고, 의대 시절에는 친구가 거의 없었죠. 연애도 별로 안 했고, 결혼을 하거나 아이를 가져본 적도 없어요. 웬만하면 남들이 가까이 오지 못하게 했거든요. 그런데… 조가 나를 대하는 태도에서 뭔가가 모성을 자극했어요. 태어나서 처음으로 누군가 나를 조건 없이 사랑하고 필요로 한다는 걸 느꼈죠. 의사로서 환자와 거리를 유지하려 했지만 조에게는 마음의 벽을 허무는 뭔가가 있었어요. 게다가 내가 애정을 가지고 보살필수록 병세가 나아지는 것 같았죠."

로즈의 눈에 눈물이 맺혔다. 그녀는 감정이 격해져 목소리가 떨리자 서둘러 눈물을 삼켰다.

"머지않아 4개월 차 정도면 조를 퇴원시킬 수 있을 거라 자신했고, 마지막으로 공감 능력을 검사하려고 애완동물 한 마리를 입양시켰죠. 작은 고양이였어요. 내가 고양이를 기르면서 자랐거든요. 나처럼 인간관계에 문제가 있는 아이라면 내가 했던 방식대로 고양이를 대할 거라고 생각했죠. 조가 고양이를 뭐라고 불렀는지 기억이 안 나네요. 무슨 꽃 이름 같은 거였는데."

"파이버우드 플라워."

내가 조용히 말했다. 그녀의 눈이 휘둥그레졌다.

"그래, 맞아요! 그 이름이에요. 당신이 어떻게…."

"하던 얘기부터 마저 하게, 로즈. 일단 자네 얘기만 끝나면 이 친구가 알고 있는 걸 훨씬 빨리 알아낼 수 있을 걸세."

토머스의 말에 로즈는 숨을 들이마시며 고개를 끄덕였고, 낡은 가면을 쓰듯 예리해 보이는 겉모습으로 조금 전까지 드러났던 나약함을 감췄다.

"아무튼 조에게 고양이를 줬고, 일주일 동안 고양이를 잘 돌볼 수 있다면 그의 반사회적인 성향도 치료되었다는 의미일 것이라는 내 의견에 토머스도 동의했죠."

그녀의 낯빛이 어두워졌지만 이번에는 슬픔 때문이 아니었다. 그것은 분노였다.

"그는 6일간 가엾은 고양이를 천사처럼 대해주었어요. 그런데 마지막 날 병실에 들어갔더니 고양이 사체가 머리가 뽑힌 채 바닥에 널브러져 있었죠. 사체 위로는 조가 휘갈겨 그린 화살표가 혈흔이 고여 있는 아래쪽을 가리켰어요. 거기에는 '참견쟁이 로지에게'라는 글자가 새겨져 있었답니다."

그녀의 목소리가 다이아몬드처럼 딱딱해졌다.

"어린 시절 놀이터에서 놀림을 당한 뒤로 나를 '참견쟁이 로지'라고 부른 사람은 없었어요. 누가 나를 로즈라고 부르는 걸 조가 들었을 리도 없고요. 알아맞힐 수조차 없어야 했죠. 하지만 조는 알고 있었어요. 내가 방에 들어가자마자 미친 듯이 웃어댔죠. 맹세컨대 어렸을 적 나를 괴롭히던 아이의 웃음소리와 정확하게 똑같았어요. 한때 귀여운 고양이었지만 아이가 난도질해 피범벅이 된 사체와 그 목소리 사이에서 나는⋯ 한순간에 무너졌어요. 병실을 뛰쳐나와 사직서를 썼고⋯ 나머지는 당신도 알 거예요."

로즈의 표정이 고통과 분노로 이글거렸다. 순간 나는 감정이 이입되어 로즈에게 팔을 뻗어 올렸지만, 그녀는 내 손이 닿기도 전에 몸을 휘둘러 내 몸짓을 저지했다. 당시 기억이 아무리 고통스러워도 자존심은 남아 있으니 하급자의 동정을 받지 않겠다는 의미로 보였다. 나는 연민과 존

그 환자

중의 마음을 담아 그녀를 바라보는 데 만족했다.

그때 그녀의 뒤에서 토머스의 목소리가 들렸다.

"파커, 자네는 아직도 저 미친놈을 치료할 수 있다고 생각하나? 어릴 때 놀이터에서 괴롭힘 당했던 기억을 마술처럼 알아내고, 그녀의 가장 약한 부분을 가장 치명적인 방법으로 공격한 환자가 어떤 정신의학적 문제가 있다고 생각하는지 한번 생각을 들어보고 싶구먼. 어떤가?"

나는 나 자신이 싫어져 힘없이 고개를 저었다.

"몰랐습니다. 몰랐어요… 저는… 잘 모르겠습니다."

"당연히 모르지."

노인의 목소리에 만족하는 기색이 역력했다.

"자네는 조의 문제가 무엇인지 상상도 못하고 있어. 그것도 모자라서 그가 지껄이는 온갖 근거 없는 소리를 믿었지. 이해는 하네. 젊은 사람들은 주변에 쉽게 휩쓸리기 마련이니까. 자네는 딱 그 정도야. 그게 바로 자네가 조의 담당의가 될 수 없는 이유지. 지금부터 제대로 된 담당의가 어떤 건지 보여주도록 하지."

토머스는 말을 마친 뒤 의자를 꽉 잡고 천천히 일어났다. 자칫 서두르다간 몸속 뼈들이 으스러질 것만 같았다.

노령이긴 했지만 나는 한때 그의 풍채가 당당했다는 걸 알수 있었다. 조금 구부정한 자세인데도 최소한 190센티미터는 되어 보였고, 똑바로 서면 더 클 것 같았다. 그가 중심을 잡으려고 책상 모서리를 움켜쥔 뒤 반대편 손을 내밀자, 로즈가 화려해 보이는 나무 지팡이를 건네주었다. 머리부분에 청동으로 만든 매의 형상이 달린 밤색 지팡이였다. 토머스는 지팡이를 잡고 느릿느릿 책상을 돌아 내게로 다가왔다. 그러는 동안 그가 두툼하고 먼지 낀 서류를 손에 꼭 쥐고 있는 게 눈에 들어왔다. 내가 기록물실에서 보았던 바로 그 서류의 원본이 틀림없었다.

토머스는 책상에 걸터앉아 무표정한 얼굴로 다시 한 번 나를 쳐다봤다.

"말하기 전에 먼저 자네가 알아둘 게 있네. 내가 조의 문제점을 정확히 짚은 거라면, 우리는 그를 여기 가둬서 바깥세상뿐만 아니라 조 자신을 위해 정말로 이로운 일을 하는 거라네. 조의 부모가 금전적인 능력과 법적인 권리를 덜지녔다면 지금쯤 우리는 더 많은 일을 했을 거야. 하지만알다시피 우리 병원 형편상 무리하게 조를 다뤘다가 혹시나 법적 공방이라도 일어나게 되면 감당할 수 없을 것이네.

그러니 최소한으로 할 수 있는 일만 하면서 조를 여기 가두고 있는 거지. 알겠나?"

나는 진심으로 존중을 표하며 고개를 끄덕였다. 토머스는 무뚝뚝한 미소로 답하고는 이내 엄숙한 태도로 조의 서류를 꺼내 첫 장을 펼쳤다.

"내가 처음 조를 만났을 때,"

그는 늑대 같은 아이가 찍힌 흑백사진을 톡톡 두드렸다.

"야경중을 앓는 평범한 아이 같아 보였어. 물론 내 판단은 틀렸네. 참담할 정도로 틀리고 말았지. 조가 병원에 재입원했을 때는 난폭한 데다 말도 하지 못했어. 당황스럽더군. 뭘 잘못했는지 알 수가 없었어. 게다가 조의 행동이 계속 바뀌는 까닭도 모르겠고. 자네도 알아챘을 거야. 처음에는 사람들의 기분을 더럽게 하더니 나중에는 같은 방에 있지도 못하게 겁을 주더군. 글쎄, 병원장 자리에서 물러날 때까지도 나는 납득할 만한 설명을 생각해내지 못했네. 그런데 은퇴를 하니 다른 건 몰라도 조의 예전 기록을 좀 더 자세히 들여다볼 수 있는 시간이 생겼고, 자세히 살펴볼수록 천천히 이해가 되기 시작했네."

토머스는 서류를 몇 장 넘기더니 손가락으로 쿡 찔렀다.

"처음으로 묘안이 떠올라 조의 망상이 계속 변하는 이유를 알아냈지. 누군가 조를 나쁜 말로 새롭게 부를 때마다 망상이 바뀌더군. 조를 병원에 다시 데려왔을 때를 예로 들어보자고. 그때는 말도 하려고 하지 않았네. 그런데 간호사가 '못된 꼬마'라고 부르자 갑자기 사람들을 놀리기 시작했지. 별로 대수롭지 않게 여길지 모르지만, 처음 몇 년 동안 피해자들을 치료한 사람들을 만나 보았네. 그런데 그들이 뭐라고 했는지 아나? 로즈를 포함해 다들 똑같은 얘기를 했다더군. 조가 어렸을 때 자기를 괴롭히거나 못살게 군 아이들이 자주 놀리던 별명으로 불렀다는 걸세. 명확하지는 않지만 조는 친구들이 놀리던 별명이 그들 모두에게 가장 치명적이라는 걸 알고 있는 듯했지. 이제 알겠나? 누가 조를 '못된 꼬마'라고 부르면 조는 한 사람 한 사람에게 세상에서 가장 못된 아이가 될 때까지 그들을 놀려대고, 또 그런 아이처럼 행동한다네."

토머스가 서류를 몇 장 더 넘겼다.

"이제 이것 좀 보게. 이런 식으로 조는 몇 년 간 사람들에게 욕지거리를 하다 마침내 자신의 수법이 안 통하는 폭력적인 환자를 만나네. 그 환자는 조에게 어떻게 하던가?

그 환자

조를 죽도록 때린 다음 '빌어먹을 괴물 새끼'라고 부르지 않았나. 그러자 조가 난데없이 꿈에서 우리 조무사를 쫓던 괴물처럼 행동하더군. 룸메이트인 환자들을 겁에 질리게 하던 괴물 말일세. 첫 번째 룸메이트였던 꼬마가 심장마비를 일으킨 건 그 때문이라네. 조가 성폭행 피해자였던 환자를 강간하려 하고, 어떤 환자에게는 창살을 부수게 할 정도로 겁을 줄 수 있었던 것도 같은 이유지. '빌어먹을 괴물 새끼'가 되기 위해서는 피해자가 생각할 수 있는 가장 끔찍한 존재가 되어야만 했을 테니까. 그렇게 그는 기억하기도 싫은 시절에 겪었던 괴로운 감정을 다시 느끼게 하는 대신, 이제는 살면서 체감했던 최악의 공포를 다시 불러일으키려 하더군."

토머스가 안경을 내리고 잠시 나를 바라본 뒤 말을 이었다.

"자, 틀림없이 자네처럼 똑똑한 의사라면 우리가 이런 행동을 보고 조의 문제점이 뭐든 간에 상대에게 굉장히 영향을 잘 받는다는 결론을 내리리란 걸 알겠지. 적어도 조를 양육하는 방식에 뭔가 유쾌하지 않은 구석이 있었다는 소리네. 대개 그 나이 또래 아이들은 부정적인 반응을 내

면화하려 하지 않거든. 부모가 억지로 길들이지 않는다면 말이지. 실제로 최초 진단 기록을 보면 조가 지독하게 학대 받았다는 가설을 지지해 주는 강력한 증거가 있어. 로즈, 부탁하네."

로즈가 한쪽 서랍을 열어 카세트 플레이어와 테이프 두 개를 꺼냈다. 자세히 보니 내가 가지고 있는 테이프의 원본이었다. 그중 하나를 플레이어에 넣고 재생 버튼을 누르자 토머스의 목소리가 흘러나왔다. 전에 들어봤던 녹음이었지만, 토머스의 설명과 연관 지어 보니 의미심장하게 들렸다.

"안녕, 조. 선생님 이름은 토머스라고 해. 네가 잠을 잘 못 잔다고 부모님이 그러시더구나. 왜 그런지 말해 줄 수 있니?"

"벽 속에 있는 게 저를 가만두질 않아요."

"그렇구나. 많이 힘들겠는걸. 그런데 벽 속에 있는 게 뭘까?"

"징그러워요."

"징그러워? 어떻게?"

"아주 징그러워요. 그리고 무서워요."

그 환자

"선생님 말은 그러니까, 어떻게 생겼는지 설명할 수 있겠니?

"크고 털도 많아요. 눈이 파리처럼 생겼고 커다란 두 팔은 엄청 센 거미 다리 같은데 손톱이 진짜 길어요. 몸통은 꿈틀대는 벌레 같고요."

토머스가 테이프를 멈췄다.

"파리의 눈은 원래 괴상해 보일뿐더러 깜박이지를 않지. 그리고 조가 묘사한 팔의 특징은 크고 강하다는 건데, 아마 털도 많을 걸세. 그래서 거미를 언급한 거지. 몸통은 꿈틀대는 벌레 같다고 했어. 다시 말해, 남자의 성기. 크고 강한 데다 털이 나고 눈을 깜박이지 않는 남근 같은 거라네. 그게 뭐겠는가?"

그는 다시 재생 버튼을 눌렀다. 두 사람의 대화가 계속됐다.

"정말 무섭구나. 그런데 얼마나 크니?"

"커요! 아빠 차보다 더 커요!"

토머스는 다시 정지 버튼을 눌렀다.

"그런데 왜 그걸 '아빠 차'와 비교하지?"

"조의 부모는 70년대부터 아들을 여기 가둘 정도로 부자예요. 두 분 다 본인 자동차가 있겠죠."

나는 별 생각 없이 대답했다.

"틀렸어. 내가 확인해 봤네만, 조의 부모는 차가 한 대뿐이더군. 같이 타고 다녔지. 자, 왜 괴물의 크기를 설명하는 데 특정한 기준을 사용한 걸까? 내가 보기에 그건 꽤 구체적인 자유 연상이라네. 그럼 왜 조는 팔에 털이 난 남근 같은 뭔가가 자신을 억압하고 주시한다고 말한 뒤 아빠를 연상했을까? 먼저, 침입자로 추정되는 상대에게 조의 부모가 어떻게 반응하는지 보세."

"그렇구나. 부모님도 보신 적이 있니?"

"아뇨. 엄마 아빠가 오시면 벽 속으로 돌아가요."

"그렇게 큰데 벽에 들어갈 수 있을까? 안 부서져?"

"스르르 녹아요. 아이스크림처럼. 그게 벽처럼 보여요."

그 환자

"조의 부모는 이것의 존재를 인정하지 않네. 왜 그럴까? 자네가 내 생각을 잘 따라오고 있다면, 아빠가 괴물을 못 보는 이유는 뻔할 거야. 그렇다면 엄마는? 아마도 엄마는 남편이 하는 짓을 받아들이려 하지 않았겠지. 조는 엄마가 현실을 부정하고 있다는 걸 이해하지 못했을 테니, 아빠가 벽의 일부인 것처럼 위장해서 엄마가 보지 못한다는 논리를 만들어 냈을 거야. 딱 맞아 떨어지지 않나? 이제 가장 핵심적인 대화를 들어보자고."

"그래. 팔에 난 자국도 그게 그런 거니?"
"네. 안 보려고 얼굴을 가렸거든요. 그게 팔을 잡아떼고 손가락으로 내 눈을 벌렸어요."
"왜 그랬을까?"
"제가 기분이 안 좋을 때를 좋아하거든요. 그래서 자게 놔두지 않는 거예요."
"무슨 말이지?"
"그 괴물은 나쁜 생각을 먹고 살아요."

"처음부터 답은 여기 있었네."

토머스가 암담한 듯 카세트 플레이어를 빤히 쳐다보았다.

"내가 주의를 충분히 기울이지 않았을 뿐이지, 조는 성적 학대를 당하고 있다는 걸 말하고 있었어. 어린애를 강간하는 성인 남성의 특징에 어울리는 괴물과 연관 지어 아빠한테 억눌리고 성폭행 당하는 감정을 표현한 거지. 괴물이 나쁜 생각을 먹고 산다는 말로 아빠가 실은 가학 성애자라는 단서도 주었는데, 알아채지 못했어. 어린아이의 입장에서, 자신을 학대하며 희열을 느끼는 사디스트를 이보다 정확히 묘사할 수 있겠나? 게다가 못된 별명으로 불렸을 때 조가 보인 초기의 수동적 자세와 이후 심각한 피암시성은 정신 착란증 전후로 심하게 학대받은 아이에게서 나타나는 행동과 일치한다네."

토머스가 한숨을 쉬더니 혼잣말처럼 중얼거렸다.

"물론 조가 재입원했을 때 아빠의 가학성을 그대로 흉내 낸 이유는 아직 풀어야 할 숙제네. 그럼 마지막 대화를 들어봐야겠군."

"그랬구나. 좋아, 그렇다면 선생님은 그걸 없앨

방법을 알 것 같은데?"

"정말요?!"

"물론이지. 괴물이 나쁜 생각을 먹고 산다면 그게 나타났을 때 좋은 생각만 해보렴."

"제가 그걸 어떻게 해요? 무섭단 말이에요!"

"선생님이 보기에 괴물은 네가 무섭다고 생각하는 걸 바라는 것 같거든. 조, 근데 잘 봐봐. 그건 없는 거야. 상상일 뿐이야. 상상이 뭔지 아니?"

"쪼금요."

"상상은 생각이랑 비슷한 거야. 우리는 좋은 생각을 할 때도 있고 나쁜 생각을 할 때도 있지. 무시무시한 생각도 있고. 근데 조, 무서운 생각도 그냥 생각일 뿐이야. 네가 상상하지 않으려고 하면 무서운 생각은 떠오르지 않는단다."

"제가 마음대로 조종할 수 있다고요?"

"물론이지."

"어떻게 아세요?"

"그게 선생님 일이니까. 선생님은 사람들이 겁먹지 않도록 하는 특별한 힘이 있어. 그래서 사람들이 여기 오면 더는 겁먹지 않는단다. 그 사람들은 모두 생각 때문에 무서워하는 거야. 생각을 조종하지 못해서 그런 거란다."

"우와."

"조는 이제 다 커서 침대에 오줌을 싸지는 않겠구나, 그렇지?"

"웩! 당연하죠!"

"크고 무서운 괴물이 나타나는 걸 침대에 오줌 싸는 거라고 생각해 보렴. 그건 그냥 네가 조절을 못해서 그런 거란다. 단지 너의 일부인 거야."

"웃겨요. 괴물이 내 오줌이라니."

"꼭 그런 건 아니지만 둘 다 조의 몸에서 일어나는 일이라 조절할 수 있어. 아직도 괴물이 무섭게 보이니?"

"아뇨! 제가 괜히 저한테 겁먹은 거잖아요. 다음에 만나면 무섭지 않다고 말할 거예요!"

토머스가 테이프를 멈췄다. 마지막 대화를 들은 뒤 온몸에 힘이 빠진 듯 보였다.

그 환자

"이래서 내가 조의 치료를 절대로 포기하지 못하는 거야."

그는 속삭이듯 작은 목소리로 말했다.

"지금 조가 안고 있는 문제는 내 오만함이 빚어낸 결과 거든. 초기 두 차례 치료에서 내가 한 말 때문에 조는 자신이 인간의 병든 생각을 먹고 사는 괴물의 표적이라고 믿어오다 스스로를 괴물이라고 믿게 됐네. 성폭력 피해자인 아이에게 어떤 영향을 미쳤을지 생각해 보게. 애들은 정신 분열을 일으킬 위험이 훨씬 커. 내가 조에게 했던 말이… 발병 직전이던 다중 인격 장애로 아이를 몰아넣은 걸지도 모르네. 성적 학대의 책임이 자신에게 있다는 생각은 견디기 힘들었을 테니까. 따라서 조는 책임을 전가하려고 아빠한테 배운 가학성을 흉내 내 '괴물'이라는 또 하나의 인격을 만들어낸 거야. 그리고 우리가 그걸 제때 발견하지 못하는 바람에, 그 '괴물'의 인격이 아이의 정신을 완벽하게 장악해버렸고, 이제 그의 몸과 마음은 괴물이 만들어내는 상상에 맞춰 행동하게 되었지. 조의 담당의로서 조를 괴물이라고 여기는 것만으로도 충분히 괴로운 일이야. 정신 의학 역사상 가장 완전한 가학성 사이코패스를 내가 만든 걸지도 모르니까.

하지만 그보다 심각한 문제가 있네. 특히 이 괴물은 자네나 내가 밥을 먹어야 사는 것처럼 나쁜 생각에 지속해서 노출돼야 살아남는다고 믿고 있어. 그 결과 만난 지 몇 초 만에 상대가 정신병에 걸리게 하는 방법을 알아낼 수 있도록 공감 능력이 발달했지. 다시 말해, 조의 망상이 너무 강력하다 보니 상대의 정신을 속여 인간으로서 할 수 없는 일까지 하게 한 거야. 물론 조에게 피해를 입은 사람들이 비슷한 류의 망상을 가지고 있었거나, 조가 듣는 데서 자기도 모르게 중요한 정보를 흘렸을 수도 있지. 설령 그게 사실이라 해도 한 가지는 부정할 수 없네. 조가 타인의 자살을 유도하는 능력을 방어 기제로 길러왔다는 것 말일세. 게다가 그건 완벽하게 효과가 있었어. 지금까지는."

토머스가 서류철을 홱 덮더니 나를 뚫어지게 쳐다보았다.

"이게 바로 자네가 필요한 이유네. 자네는 죽지 않고 조의 수법을 직접 경험했어. 로즈를 빼면 유일한 목격자일지도 모르지. 게다가 로즈는 조가 한참 어릴 때 치료했고, 너무 오래 전 일이라 그녀의 말이 여전히 정확한지 우리로서

　　　　　　　　　　　　　그 환자

는 확신할 수 없네. 조가 어떻게 사람을 조종하는지 확실하게 설명해 줄 사람은 자네뿐이야."

토머스는 가늘지만 의외로 단단한 손으로 내 턱을 들어 올려 눈을 맞추고는 말했다.

"한 번 더 묻겠네, 파커. 내가 아니라 조를 위해서 말해 주게. 자네와 조 사이에 무슨 일이 있었나?"

더 이상 나는 주저할 이유가 없었다. 그래서 전부 털어놓았다. 외견상 조가 멀쩡해 보이고 자신이 수용된 배경을 굉장히 조리 있게 설명하는 데다 고양이 사건을 어렸을 적 일화처럼 꾸며댔다고 말했다. 그리고 한때 내가 어머니 문제로 죄책감에 사로잡혔던 것처럼 조 역시 어머니가 폭행을 당해 죄책감을 느꼈다면서 완벽하게 계산된 얘기를 했던 일과 네시의 죽음에 대한 나의 슬픔을 조가 얼마나 교묘하게 이용했는지에 대해서도 들려주었다. 게다가 브루스가 어떤 환자든 치료에 너무 애쓰지 말라고 경고하면서 어설프게 협박까지 하려고 해 조의 말을 더 쉽게 믿었다고 고백했다. 두 사람은 내 얘기를 시종일관 귀 기울여 들었고, 내가 말을 마치자 토머스는 갑자기 몇 년은 더 늙은 것 같은 표정을 하고 있었다.

"그렇다면 조가 자네의 개인사에 의지하지는 않았다는 말이군. 단지 자네가 이해심 많은 사람이라는 걸 알고 그걸 이용했던 거야. 조가 언급한 엄마 얘기에 자네가 모친께 느꼈던 책임감이 반영된 건 우연의 일치일 가능성이 커. 사내 아이들은 대개 엄마한테 민감하지 않나. 더욱이 자신이 돌보던 고양이를 학대했다며 아빠를 비난했는데, 그건 아마도 자신이 받은 학대에 대한 분노를 간접적으로나마 털어놓은 것으로 보이네. 어쨌든 자네가 실제로 조의 문제를 해결한 걸지도 모르겠군.

로즈, 내 생각에 드디어 우리가 수수께끼를 푼 것 같아. 우리가 아는 걸 조의 부모에게 말할 수는 없으니, 아들의 병을 정말로 고칠 수 없다는 결론을 내렸다고만 전해주게. 조는 본인을 위해서라도 여기 평생 있어야 할 거야. 그리고 파커 저 친구는 이제 이 일에서 손 떼라고 하게."

"안됩니다!"

나는 토머스의 설명이 몹시 잘못된 것 같았다. 그가 못 믿겠다는 표정으로 나를 돌아보았다.

"안된다고? 파커, 조의 일은 해결됐네. 자네가 방금 우리의 가설을 입증했어. 나를 믿게. 자네보다 훨씬 경험 많

그 환자

은 의사가 저 딱한 젊은이를 맡아 건강하게 해줄 걸세. 내가 아직 현역이라면….”

“어르신은 안 됩니다. 은퇴하셨잖아요. 게다가 저는 선생님 말씀이 옳다고 생각하지 않습니다. 뭔가 안 맞아요.”

“감히 자네 따위가….”

“진정해요, 토머스.”

로즈가 말했다.

“파커에게 생각이 있다면 들어보고 싶어요. 다른 의사의 소견을 듣는다고 나쁠 건 없잖아요.”

토머스는 툴툴거리더니 대놓고 짜증을 부리며 내게 손을 저었다. 가슴이 다시 두근대기 시작했지만 나는 목을 가다듬고 말문을 열었다.

“제 생각을 말씀드리기 전에 몇 가지 여쭤보고 제가 아는 사실이 맞는지 확인해보고 싶습니다.”

“정말 가지가지….”

토머스가 대꾸하려 했지만 로즈가 손을 들어 가로막았다.

“그게 뭐죠, 파커?”

“야경증에서부터 시작해 볼게요. 조가 병원에 다시 입원한 뒤로 야경증 얘기를 꺼낸 적이 있습니까?"

토머스는 퉁명스럽게 대답을 하려다 불현듯 생각에 잠긴 듯 보였다.

"생각해보니 그런 적은 없었군. 하지만 그쯤 되면 너무 늦었을지도 모르네. 게다가 조에게 진정제를 투여한 뒤라, 아들이 고통을 느끼지 않는데 아빠가 그 짓을 즐기지는 않았을 거야."

"그럴 수도 있죠. 그런데 선생님이 설명하신 '괴물'의 기원이 옳은지 잘 모르겠어요. 병원장님은 조가 벌레 공포증을 앓고 있다고 하지 않으셨나요?"

로즈가 천천히 고개를 끄덕였다. 그녀는 내가 무슨 말을 하려는지 감을 잡지 못하는 것 같았다.

"네. 조의 부모가 처음 병원에 아들을 데려왔을 때 그렇게 말했죠."

"그럼 병원장님이 치료하셨을 때 조가 벌레를 무서워하던가요?"

"특별히 그렇지는 않았어요. 병원에서 노출 치료를 시도해 봤지만 벌레 공포증 환자처럼 반응하지 않았죠."

"누가 봐도 벌레 공포증은 단지 자신이 겪고 있는 끔찍한 상황을 벌레로 형상화해 표현한 것일 뿐이네. 실제 벌레가 아니라고."

토머스가 말했다.

"선생님, 조가 벽 속에 사는 괴물을 묘사했던 부분을 다시 틀어주실 수 있습니까?"

토머스는 피곤한 기색으로 오랫동안 나를 쳐다보다 테이프를 감아 부탁한 부분을 틀어주었다.

> "크고 털도 많아요. 눈이 파리처럼 생겼고 커다란 두 팔은 엄청 센 거미 다리 같은데 손톱이 진짜 길어요. 몸통은 꿈틀대는 벌레 같고요."

"벌레 공포증 환자라면 이보다 불편한 얘기가 있을까요?"

내가 물었다.

"다시 말하지만, 벌레 공포증 자체가 그가 겪었던 경험의 산물로 생겼던 거라면 충분히 설명이 되네."

토머스가 비웃었다.

"맞습니다. 하지만 뭔가가 더 있어요. 선생님께서 조에게 그건 상상이라고 말씀하시는 부분으로 넘어가 주시겠어요?"

토머스는 한숨을 쉬며 테이프를 감았다.

　　"그럼 침대에 오줌 싸는 걸 크고 무서운 괴물이라고 생각해 보렴. 그건 그냥 네가 조절을 못해서 그런 거란다. 단지 너의 일부인 거야."

　　"웃겨요. 괴물이 내 오줌이라니."

　　"꼭 그런 건 아니지만 둘 다 조의 몸에서 일어나는 일이라 조절할 수 있어. 아직도 괴물이 무섭게 보이니?"

　　"아뇨! 제가 괜히 저한테 겁먹은 거잖아요. 다음에 만나면 무섭지 않다고 말할 거예요!"

테이프가 멈췄다. 토머스는 한층 더 짜증이 나 보였고, 로즈는 여전히 어리둥절한 표정을 지었다.

"조의 목소리가 방금 본인 잘못으로 강간 당했다는 얘기를 들은 피해자 같나요? 안심하는 것처럼 들리죠. 기뻐하는 것처럼 들려요. 확실히 분열 증상을 겪는 사람의 반응은 아니에요. 게다가 말씀하신 대로 조가 남의 말에 쉽게 영향을 받는다면, 왜 이때 바로 괴물처럼 행동하지 않았을까요? 왜 계속 본모습을 유지하고 있죠?"

"조의 정신 상태가 아직 거기까지 도달하지 않았던 모양이지."

토머스는 겨우 들릴 듯 웅얼거렸다.

"아니면, 분열 증상이 없었을 수도 있죠. 사실 알고 보니 부모가 학대하지 않았다면요? 야경증도 없었다고 하면요? 조가 정말로 자신의 벌레 공포증과 사람들의 공포심을 교묘하게 다룰 줄 아는 뭔가에 괴롭힘을 당하고 있었다면요? 그리고 만약에, 만에 하나 조가 그 '무엇'을 향해 '넌 내 일부에 불과하다'고 말한 순간, 그게 진짜 조의 일부로 자리 잡아 버렸다면요? '못된 꼬마'와 '괴물 새끼'처럼요. 재입원했을 당시 조가 그걸 여기로 데려온 거면 어쩌죠?"

의식의 흐름에 따라 말을 쏟아내고 나니 병원장실에는 잠시 정적이 흘렀다. 사실 이런 결론이 나올 줄은 나도 생각지 못했기에 당황스럽기는 마찬가지였다. 하지만 토머스의 의견에서 미심쩍은 부분을 제거하며 생각을 이어가다 보니 결론은 하나뿐이라는 생각에 다다랐다.

"아 그러신가, 차라리 내 등에 귀신이 업혀 있다고 하지 그래. 공포 소설 마니아 같은 소리는 집어치우게. 젊은이, 정신 차려. 자네는 의학자야. 부탁이네."

토머스가 화를 겨우 참으며 비아냥거렸다.

"일단 제 얘기를 끝까지 들어주세요. 이 방에 들어오기 전까지만 해도 저 역시 믿지 않았을 거예요. 그게…"

나는 가슴이 갑갑해졌다.

"선생님은 조가 다른 사람 머릿속에 있는 비밀을 뽑아내는 게 단지 요행이었다거나 피해자들이 자기도 모르게 비밀을 말해 놓고 기억하지 못하는 거라고 믿고 싶겠지만, 적어도 제가 직접 경험한 바에 의하면 그건 사실이 아니에요. 병실 복도에서 행크에게 끌려갈 때 악몽에서 듣던 것과 똑같은 목소리로 조가 웃어대기 시작했죠. 장담컨대 병원장님께 주의를 듣고 나서, 한 번도 조에게 저의 문제나 제가 두려워하는 게 뭔지 말한 적이 없어요. 의식적으로요. 그런데 어떻게 조가 똑같은 말투와 음색을 사용했을까요?"

"본인이 듣고 싶은 걸 들은 게지."

토머스가 쏘아붙였다.

"자네는 괴물 목소리를 기대했네. 자네의 정신 상태가

그 환자

그 상황에 맞는 소리를 듣고 있는 것처럼 반응한 거고."

"그게 바로 문제입니다. 맹세컨대 저는 그런 목소리를 기대하지 않았어요. 생각해 보세요. 행크에게 붙잡혔을 때 저는 조가 정상이고 심지어 병원으로부터 학대 당하는 환자라고 굳게 믿고 있었어요. 괴물에 대해서는 생각할 여지조차 없었는데도 그 목소리를 들었다고요. 병원장님과 마찬가지로 다른 피해자들도 모두 진실을 말하고 있는 거라면 어떻게 되는 겁니까? 정말로 조에게 아무 말도 하지 않았는데 조가 그들을 겁줄 방법을 알고 있었다면요?"

"파커의 말에 일리가 있어요, 토머스. 제게 입증할 만한 자료가 없다는 건 알지만, 어떻게 조가 사람들이 저를 '참견쟁이 로지'라고 부르던 걸 알았는지 모르겠어요. 조가 엿들을 수 있을 만한 곳에서 제가 그 일을 언급했을 리도 없고요. 병실 벽에 휘갈겨 쓴 글자를 발견할 때까지는 그 별명을 까맣게 잊고 있었거든요."

"누군가에게서 자네 이름을 듣고 운 좋게 알아맞힌 걸지도 모르지, 로즈!"

토머스가 폭발했다.

"자네 이름에 운율을 맞춰 놀리는 말은 많지가 않네(영

어로 '참견쟁이 로지Nosey Rosie'는 운율을 살린 별명이다_옮긴이). 어린 애라면 어렵지 않게 생각해낼 수 있다고!"

"자신의 이론을 고수하려고 우연인 것처럼 환자의 증상을 묵살하시면 안 되죠, 토머스."

로즈가 조용히 말했다. 토머스는 화가 치밀어 오른 듯 보였다. 그의 목소리에는 독기가 잔뜩 올라 비꼬는 기색이 역력했다.

"좋아. 의학에 대한 우리의 헌신이 산산조각 난다고 해도 두 사람 말이 옳다고 해보지. 귀신에 홀린 환자를 치료하려면 어떤 처방을 내리겠는가? 위세척이라도 해? 아니면 대가리에 구멍을 뚫고 악귀를 꺼내? 좀 가르쳐주게."

불현듯 어떤 생각이 떠올랐다.

"다른 가능성은 배제했다고 하셨잖아요. 혹시… 퇴마의식 같은 걸 시도해본 적은 없으셨나요?"

조심스럽게 묻는 말에 토머스는 펄쩍 뛰었다.

"내가 무슨 돌팔이 의사라도…."

"혼자 순수한 의학자인 척 좀 하지 마세요, 토머스."

로즈가 쏘아댔다.

"환자 기록에서는 **빼셨지만** 관례를 벗어난 방법을 조에

그 환자

게 두어 번 시도했다는 걸 우리 둘 다 알잖아요."

토머스는 대답하지 않았지만 처음으로 눈에 띄게 불편해 보였다.

"말씀하지 않으면 제가 할 거예요."

"로즈, 제발 그만하게. 그 터무니없는 얘기는 안 하기로 했잖아. 잘 알지 않나. 자네가 뽑은 이 상상력 넘치고 반항심만 가득한 풋내기에게 왜 쓸데없는 정보로 자신감을 주려 하지?"

"퇴마 의식을 해보셨군요."

나는 차분하게 말했다.

"어떻게 됐죠?"

"어떻게 되기는. 자네가 조 같은 골칫거리한테 기대하는 그대로였지."

토머스가 사납게 말했다.

"신부가 병실로 들어가 의식을 거행했지만 아무 일도 일어나지 않았네. 조는 의식이 진행되는 내내 자신을 예수가 오른손으로 지상에 내려 보낸 천사라는 둥, 신부가 하느님을 배신하고 있다는 둥, 말 같지 않은 소리를 해대며 신부를 갖고 놀았지. 정확하게 종교인을 당황스럽게 할 만한 얘기들이었어."

"특히 그 신부는 정말로 당황했을 겁니다. 그렇죠? 의식을 끝내지도 못했을 거예요, 아닌가요?"

"신부는… 그래, 일찍 떠났네. 그래서 하고 싶은 말이 뭔가?"

"혹시 그때 녹음하셨습니까?"

"당연히 안 했지! 그따위 미치광이 같은 생각을 했다고 소문날 일 있나?!"

"아쉽군요. 뭐라도 녹음했다면 틀림없이 조가 말하는 걸 포착하셨을 텐데요. 선생님이 저기에 가두고 있는 환자, 그러니까 조 자신이 이 일을 하고 있는 게 아니니까요. 그에게 붙어 있는 뭔가가 하는 짓입니다. 조를 희생양으로 삼고 있죠."

"자네, 진심으로 귀신 같은 게 우리 병원에 붙어산다고 생각하나?"

토머스가 경멸하듯 비웃음이 잔뜩 묻어나는 목소리로 물었다.

"로즈, 행크에게 말해 환자복을 다시 갖고 오라고 하는 게 좋겠네. 여기 우리의 구세주가 되시려는 분이 미친 것

그 환자

같거든."

"제 말이 맞는지 알아볼 방법이 있을 겁니다."

나는 좀 더 얘기를 들어줄 것 같은 로즈를 바라보며 말했다.

"이상한 가설이라는 건 알지만, 충분한 자료를 수집해 검증한 뒤 틀렸다고 판단되면 그때 조에게서 손 떼게 하셔도 좋습니다."

로즈가 손가락끼리 서로 두드리며 잠시 나를 쳐다보았다. 자신도 모르게 흥미로워 하는 것 같았다. 마침내 그녀가 입을 뗐다.

"해보세요. 어차피 우리에겐 더 이상 방법이 없어요. 귀신이든 괴물이든 마지막으로 뭐라도 해보는 게 가만히 있는 것보단 낫지 않겠어요?"

"허락해 주시면 내일 하루 쉬고 참이든 거짓이든 간접적으로나마 제 가설을 입증해줄 사람과 얘기해 보고 싶습니다. 조의 가족을 직접 만나보고 싶어요."

"아 그러셔, 아주 잘 될 거야."

토머스가 빈정대며 말했다.

"뭐라 말하려고? 실례지만 여사님, 아드님을 추행해서

비명을 들으니 흥분되셨나요? 이 집에 거인 벌레가 침입할 거라는 징조가 있었습니까? 이렇게 묻게?"

"조의 가족이 가학적이라는 단서를 그보다 티 안 내고 찾을 방법도 있잖아요. 아무튼 어떤 식으로든 제 가설의 근거를 마련할 게 있는지 알아보려는 것뿐이에요. 그 사람들은 아무것도 눈치 채지 못할 겁니다. 오히려 그들이 나와의 대화를 매우 편하게 느끼도록 할 거예요. 그들이 가학성애자라면 단서는 상당히 쉽게 발견되겠죠. 만약 벽 속에 뭔가 초자연적인 것이 살았다거나 집에 귀신이 나왔던 증거가 있으면 그 역시 쉽게 찾을 수 있을 겁니다."

나는 토머스의 눈을 정면으로 바라보았다.

"조의 부모가 이상하다는 증거를 찾지 못하더라도, 집 안에 초자연적인 현상이 있었다는 흔적이 없으면, 그때는 인정하죠. 어르신 말이 옳았고 제가 과학적 근거도 없는 황당한 생각에 사로잡혀 있었다는 걸요. 이 정도면 되나요?"

토머스와 나는 다시 한 번 오랫동안 서로를 쳐다보았다. 시선을 거둘 때쯤 그는 여전히 내 가설에 동의하지는 않았지만, 내 제안을 받아들이기로 한 듯 보였다. 그때 펜을 꺼내 달력에 뭔가를 끄적이던 로즈가 고개를 들고 나를 바

　　　　　　　　　　　　　　그 환자

라보았다.

"좋아요, 하루 쉬세요. 당신이 뭘 찾아내는지 알고 싶군요. 브루스한테는 내가 일을 좀 시켰다고 해두죠. 조의 가족이 이사 간 적은 없는 것 같으니 여기 서류에 적힌 주소로 찾아가 보세요. 그럼 이제 집에 가서 웬만하면 눈 좀 붙여요. 내일은 정신 바짝 차리세요."

Part 7

그날 밤 집에 돌아와 로즈의 조언대로 푹 잤으면 좋겠지만 실은 병원에서 들은 얘기로 한숨도 잘 수가 없었다. 머릿속에 온갖 상념이 맴돌면서 괴상망측한 생각들이 끊이지 않았다. 불과 오늘 아침까지만 하더라도 나는 조가 정상임에도 불구하고 비윤리적인 의료진에 의해 병원에 갇혀 있는 거라고 확신했다. 그래서 그를 풀어주려다 붙잡히지 않았는가. 그런데 이제 와서는 현장을 방문해 조가 홀려 있었다는 증거를 찾아낼… 근데 정확히 뭐에 씌었단 말인가? 악령? 원혼? 아니면 진짜 괴물? 조의 방에서 들리던 웃음소리가 내 심장 박동 소리와 함께 온몸에서 쿵쾅거렸다.

안타깝게도 함께 고민을 해결하거나 잊게 해줄 조슬린이 집에 없었다. 논문을 쓰느라 늦게까지 도서관에 있을 거라는 쪽지만 부엌에 붙어 있었다. 내가 문자를 보내 집이라고 하자, 그녀는 전화를 걸어 병원에서 잘리지 않았는지 아니면 경찰이 곧 들이닥치는 건 아닌지 물었다. 나는 전화로 말하고 싶지 않아 다 잘 됐다며 그녀를 안심시킨 뒤, 만나면 전부 얘기하겠다고 했다.

결국 잠이 간절해진 나는 항불안제 몇 알을 삼킨 뒤 와

인을 벌컥벌컥 들이켰고, 겨우 악몽 없이 잠들 수 있었다. 하지만 눈을 감자마자 울린 듯한 알람 소리에 일어나 보니 전날 밤 숙취에 머리가 깨질 것처럼 아프기만 했다. 억지로 샤워를 마치고 두통약 한 알을 커피 한 사발과 함께 넘기자 운전은 할 수 있을 것 같았다. 나는 조의 서류철을 찾아 첫 장을 펼치고 부모가 사는 집 주소를 확인했다.

주소를 보니 어떻게 30년 넘게 아들의 입원비를 낼 수 있었는지 금방 이해가 됐다. 조의 부모는 이름만 들어도 최고급 자동차, 궁궐 같은 저택, 가족 소유의 요트가 떠오를 만큼 부촌으로 유명한 동네에 살고 있었다. 더욱이 그들의 집은 연안에 있는 광활한 사유지 한가운데 있었다. 다른 때 같으면 그런 부자들이 어떻게 사는지 가까이서 보고 싶은 호기심이 조금이라도 들었겠지만, 이번에는 이 넓고 외진 곳에서 어린아이가 도움의 손길을 받기란 얼마나 어려웠을까 하는 생각만 들었다.

한 가지 다행인 건 그곳이 우리 집에서 차로 한 시간 반 정도밖에 걸리지 않았고 차가 막히지 않으면 더 일찍 도착할 수 있다는 거였다. 나는 길을 쉽게 찾아볼 수 있게 조수석에 지도를 펼친 뒤 이 모든 불행이 시작된 곳에서 무엇이

날 기다리고 있을지 알아보러 차를 몰았다.

그날따라 날씨는 매우 좋았고, 도로도 한산했다. 게다가 조슬린이 행운을 기원하는 문자와 함께 오늘 저녁에는 집에 있겠다고 했으니 집에 돌아가면 그동안 못다 한 얘기도 나눌 수 있을 것이다. 여느 때라면 더할 나위 없이 완벽한 날이었겠지만, 그만큼 더 불안한 기분이 들어 마치 속세에 열린 지옥문으로 향하고 있는 것만 같았다.

조의 가족이 사는 동네에 도착하자 그림 같은 풍경이 펼쳐지며 현실과의 괴리감이 더욱 깊어졌다. 조의 집으로 가는 동안 정말 부유한 집안에서나 지을 수 있는 웅장하면서도 세련된 저택을 수십 채 지나쳤다. 한 집 한 집이 제인 오스틴 소설에나 나올 법해 보였다. 거리에서 마주친 몇 안 되는 주민들은 명품 의류 브랜드 광고를 찢고 나온 것처럼 보였는데, 내 몇 달 치 월급 정도 가격의 옷을 입고 최소 한 해 연봉은 쏟아부어야 살 수 있는 시계를 차고 있었다. 길을 따라 즐비한 롤스로이스나 벤틀리 같은 차들 사이에서 나의 겸손하기 짝이 없는 포드 토러스는 오히려 튀는 듯 보였다. 이런 동네에 사는 사람들이라면 골치 아픈 일 같은 건, 그게 병이라 할지라도 돈을 발라서 저 멀리 치워버릴 수 있겠다는 생각이 들었다. 한 마디로 그곳은, 초자연적인 공포는커녕 불행의 그림자조차 범접할 수 없을 것 같은 동네였다.

조의 가족이 소유한 땅은 두툼한 돌담으로 둘러져 있었다. 연철로 만든 육중한 대문 앞에 차를 멈추자 다시 불안감이 엄습했다. 어쩌면 건장한 경비원이 고함을 질러대서 그랬던 건지도 모른다. 그는 한적한 가정집을 지키는 게 아니라 민간 군사 기업인 블랙워터의 후원으로 임무를 수행하는 것 같았다. 난 괜히 긴장한 것처럼 보이지 않으려고 노력하면서, 최대한 공손하게 내가 이 가족의 아픈 아드님을 치료하고 있는 의사이고, 그의 상태에 대해서 의논하고 싶어 왔노라 말했다.

경비원은 절도 있게 휙 돌아서서 초소로 걸어가더니 조작판을 눌러 몇 군데 전화를 걸었다. 잠시 후 스피커에서 요트 클럽 회원에게나 들을 수 있는 품위와 교양이 묻어나는 억양의 여자 목소리가 흘러나왔다. 그녀는 좀 전에 나를 막아 세운 깐깐한 경비와 몇 마디 주고받고는 손님을 들여보내도 좋다고 말했다. 경비원이 재빨리 스피커를 끄고 버튼을 누르자 대문이 소리도 안 날 정도로 부드럽

그 환자

게 활짝 열렸다. 출발할 때부터 참아온 긴장감에 속이 울렁거렸지만 나는 태연한 척 앞으로 나아갔다.

저택으로 올라가는 진입로는 강박적일 만큼 깔끔하게 손질된 언덕을 따라 완만하게 이어졌다. 단풍나무와 적참나무로 우거진 조그마한 숲이 주변을 에워싸고 있었고, 언덕 위에는 너도밤나무에 둘러싸인 신고딕 양식의 석조 저택이 태양 빛을 받아 은은하게 빛을 내며 우뚝 솟아 있었다. 나는 저택 앞에 차를 세웠다. 내 차 같이 평범한 차에는 발도 올리기 싫다는 표정으로 목을 뻣뻣이 든 하인에게 열쇠를 건네고 운전석에서 내려 앞으로 닥칠 일을 향해 발걸음을 내디뎠다.

반들반들한 석회암 계단을 지나, 드디어 문 앞에 서서 거대한 저택을 올려다보았다. 솔직히 조의 집이 칠흑 같이 새까만 돌로 지어졌다면, 혹은 곳곳에 아가리를 쫙 벌린 이무깃돌이 붙어 있고 뒤로는 쉴 새 없이 번개가 내리치는 성이었다면 덜 불안했을 것 같다. 건물은 웬만한 학교의 전교생을 집어넣고도 자리가 남을 만큼 으리으리했다. 규모 면에서는 확실히 우리 병원과도 견줄 만했다. 손으로 직접 조각한 격자 틀과 스테인드글라스가 수두룩한 건 물론이고, 창턱과 담벼락 여기저기에 돌로 만든 장미와 미소 짓는 큐피드 상이 꾸며져 장식에서 필요 이상으로 기쁨이 넘쳤다. 하지만 뭘 잘 모르는 내 눈에도 이같이 화려한 장식은 번쩍거리는 가면 같았다. 탈을 씌워 건물 주위에 삼엄하게 쳐진 방책과 날카로운 모서리들, 툭 튀어나온 버팀벽과 뾰족한 첨탑 같은 것들을 가리고 있는 듯 보였다.

잠시 후 문이 열리더니 동화에서 막 튀어나온 듯 우아한 아름다움을 풍기는 나이 든 여인이 미끄러지듯 내려와 나를 맞았다. 솔직히 말해서 첫눈에 봐도 비밀리에 아동 성추행을 공모해온 사람이라고는 도저히 믿을 수 없었다. 그녀는 친절한 태도가 몸에 배어 있었지만, 동시에 타고난 듯한 귀족의 풍모로 틀림없이 태어날 때부터 하인을 부리며 살 운명이었을 것 같았다.

"파커 선생님, 만나 뵙게 되어 정말 반가워요."

그녀는 내가 스피커에서 들었던 것과 똑같이 사립학교에서나 쓰는 억양으로 말했다.

"오늘 오실 거라고 로즈가 미리 전화로 알려주더군요. 솔직히 한시름 놓았답니다. 저희 애는 어떤가요? 가엾은 우리 조셉 소식이 너무나 궁금했는데, 최근 들어 고지서 말고는 병원에서 거의 아무 소식도 듣지 못했거든요. 그러니 선생님이 오신다는 전화를 받고 얼마나 기뻤겠어요. 자, 어서 들어오세요."

"감사합니다, 여사님."

나는 전문가답게 보이고 싶은 마음으로 그녀와 악수를 하며 정중히 말했다.

"조의 부모님과 이야기를 나누고 싶었는데 때마침 집에 계셔서 참으로 다행입니다."

"저기, 죄송하지만 얘기는 저하고만 하셔야 할 것 같아요. 남편은 10년 전에 세상을 떠났거든요. 하지만 제가 도울 일이 있으면 기꺼이 도와드리죠. 응접실로 가서 얘기해요."

그녀가 말하는 '응접실'은 정말로 높다란 아치형 천장에 오래된 마호가니와 벚나무 가구는 물론, 실제 동물 머리 같아 보이는 몇몇 벽장식들로 풍성하게 꾸며놓은 방이었다. 그런 고급 장식품에 익숙하지 않았던 나는 적잖이 경이로움을 느끼며 자연스럽게 방안을 둘러보다 특이한 벽장식 하나를 발견하고는 화들짝 놀라 헉 소리를 내고 말았다.

그건 확실히 한 번도 본 적 없고, 두 번 다시 보고 싶지 않은 동물의 머리였다. 만약 그게 진짜였다면 평생 악몽에 시달렸을지도 모른다. 둥글납작하고 형태가 거의 없는 머리가 장식 판에서 30센티미터가량 불룩 튀어나와 있었는데, 커다란 두 눈은 역겨울 만큼 누런 빛깔에 여러 조각으로 나뉘어 있었고 독을 잔뜩 품은 것처럼 보이는 집게발들이 나란히 달려 있었다. 번뜩거리는 두 눈은 악의에 찬 시선으로 무언가를 잔혹하게 노려보는 듯했고, 얼굴에서 바깥쪽으로 뻗은 집게발은 몹시 화가 난 듯 공격 자세를 취하고 있었다. 세상에서 가장 거대한 거머리의 입처럼 독니가 달린 목구멍을 눈과 집게발 사이로 쫙 벌리고 있어 언제든지 아가리를 콱 다물어 손아귀에 들어온 죄 없는 생명체의 머리를 으스러뜨리고 내장을 빨아먹을 듯이 보였다.

그녀는 겁에 질린 나를 보고 시선을 따라가다 본인도 몸서리를 쳤다.

"흉측하죠? 하지만 한 번도 내려놓을 엄두를 내지 못했어요. 걱정하지 마세요. 예술 작품일 뿐이지, 진짜는 아니에요. 찰스, 그러니까 조의 아빠가 사냥 실력이 상당했죠. 아들에게 처음 야경증이 생겼을 때 괴물을 잡아 죽여 이 방

그 환자

에 머리를 걸어둔 것처럼 행동하면 조에게 도움이 될 거라 생각했어요. 우리 부부는 조각가에게 의뢰해 아들에게 직접 괴물의 생김새를 알아내게 하고, 조가 그린 그림들도 살피도록 했어요. 그래서 만들어 낸 게 이 작품이랍니다."

그녀가 갑자기 훌쩍이기 시작했다.

"물론 저 흉물은 조를 안심시키지 못했어요. 오히려 더 겁을 준 게 아닌가 싶어요. 하지만 조가 장기간 병원에 입원하게 된 뒤로 여기 계속 놔뒀어요. 찰스가 얼마나 조의 병이 완치되는 걸 보고 싶어 했는지 기억도 하고, 무엇보다 조가 마음의 병을 언젠가 이겨내리라는 희망의 상징으로 삼으려고요."

나는 혐오감을 느끼면서도 묘하게 현혹되는 바람에 여섯 살 꼬마의 상상 속 괴물을 묘사한 괴상망측한 장식에서 눈을 떼기가 힘들었다. 하지만 조의 악몽에 관한 얘기를 들으니 그곳에 간 목적이 떠올라 돌아서서 조의 어머니를 바라보았다.

"여사님, 사실 제가 여기에 온 이유는 조의 야경증 때문입니다."

나는 차 안에서 수차례 연습했던 어조로 말했다.

"병원에서 우리가 다양한 치료를 시도해보긴 했지만 아드님의 정신 질환은 아무래도 초기 야경증과 연관 있지 않을까라는 생각이 들었습니다. 조가 처음 입원할 당시 야경증을 제대로 조사하지 않았는데, 그때 구체적으로 증상에 관해 물어보았더라면 뭔가 알아냈을지도 모릅니다."

조의 어머니가 살피듯 나를 쳐다보았다. 그녀는 겉보기에 대단히 품위를 유지하고 있지만 몹시 불안해 보이는 데다 좋은 소식에 목말라 있다는 생각이 들었다.

"파커 선생님, 먼저 나를 마사라고 부르세요."

그녀가 말했다.

"오랜 세월이 흘렀지만 진심으로 우리 아들을 되찾아 주려는 거라면, 이름 정도는 서로 편하게 불러야겠죠. 뭐든 물어봐요. 아는 건 전부 말씀드릴 테니."

나는 고개를 끄덕였다.

"고맙습니다. 여사님, 아니 마사."

악몽에 관해 더 물어봐야 한다는 건 알고 있었지만, 주위의 풍족한 환경을 보자 문득 다른 질문이 떠올랐다.

"우선… 저기, 궁금한 게 하나 있습니다. 왜 조를 저희 병원으로 데리고 오신 거죠?"

그 환자

마사가 살며시 웃었다.

"선생님이 계신 병원이 우리 같은 사람에게 지나치게 평범하다고 생각하시는군요? 글쎄요. 사립학교 입학 절차를 밟아본 적은 없으시죠?"

나는 고개를 저었다.

"조를 이 동네 사람들이 잘 아는 병원이나 의사에게 데려가면, 정신적인 문제가 감점 요인이 돼 결과적으로 입학 지원에 지장을 줄 거라고 생각했어요. 그렇게 되면 인생 전체를 망칠 것처럼요. 남편은 토머스와 고등학교 동창이랍니다. 토머스는 저희 부탁을 받고 자신이 있는 병원에서 조를 비밀리에 치료해 주기로 했죠. 물론 몇 년 지나니 그런 건 다 부질없다는 걸 알게 됐어요. 그런데도 찰스는 토머스에게 계속 조의 치료를 맡겨야 한다고 고집했죠. 저도 그의 실력과 조에 대한 헌신을 보고 안심했고요."

"조의 초기 증상은 어떠했습니까? 언제 처음 눈치 채셨나요?"

"조가 다섯 살 정도일 때였어요. 우리는 이 집으로 이사를 왔고, 조에게 자기 방을 갖게 해줄 시기라고 생각했죠. 당시 나는 조의 여동생인 일라이자를 임신한 상태였는데,

벽을 몇 개 허물어 아이 방을 넓힐 수도 있었지만 아이를 키우는 친구들이 하는 말이 다섯 살이면 아기와 한 방을 쓰기에는 너무 크다는 거예요. 한창 자라는 애한테 갓난 아이 울음소리를 참으라는 건 불공평할 테니까요. 그래서 인테리어 전문가를 불러 꼭대기 층의 작은 방 하나를 사내 아이 침실로 최대한 멋지게 꾸민 다음 조에게 들어가 보라고 했죠. 조는 새 방을 보고 무척 좋아했어요. 유모가 방에서 거의 끌고 나오다시피 해서 저녁을 먹일 정도였으니까요. 그런데 그날 밤…."

그녀는 힘겹게 마른침을 삼킨 뒤 한쪽 손을 들었다.

"선생님, 괜찮으시면 얘기를 계속하기 전에 한 잔 마셔야 할 것 같아요. 선생님도 드릴까요?"

"파커라고 불러 주세요. 그리고 고맙지만, 저는 괜찮습니다."

그녀가 자리에서 일어나 장식장으로 재빨리 걸어가더니 호박 빛깔 양주를 고급 크리스털 잔에 넉넉히 따랐다. 그러고는 잔을 몇 번 빙빙 돌리다 한 모금 마셨다. 기운이 났는지 그녀는 자리로 돌아와 말을 이었다.

"그날 밤… 파커, 얼마나 끔찍했는지 상상도 못할 거예

　　　　　　　　　　　　　　그 환자

요. 재운 지 한 시간 만에 누가 죽이기라도 하는 것처럼 비명을 지르기 시작했죠. 남편과 내가 확인하러 갔더니, 거대한 벌레가 집게발로 자기 머리를 잡고 해치려 했다더군요. 이부자리에 흐트러진 흔적이 없고 조의 얼굴도 말짱해 우리는 방을 새로 옮겨 나쁜 꿈을 꾼 거라고 여겼습니다. 하룻밤 지나면 악몽이 사라질 거라고 생각했지만, 그러지 않았어요. 계속 악몽을 꿨죠."

그녀가 술을 한 모금 더 들이켰다. 아까보다 천천히 잔을 기울였고 훨씬 고통스러워 보였다.

"할 수 있는 건 다 해봤어요. 처음에는 조의 상상이라고 여겼는데 아이가 너무 생생하게 표현하더군요. 우리는 괴물이 나온다고 말한 벽 근처에 덫을 설치하기도 했어요. 하지만 조가 비명을 질렀을 때 하나도 작동하지 않더라고요. 애가 묘사한 만큼 덩치가 크다면 피하지 못했을 텐데 말이죠. 이번에는 유모에게 조가 진이 빠지도록 낮에 신체활동을 시켜달라고 했어요. 잠을 더 깊이 자길 바라면서요. 그런데 그날…"

그녀가 당혹스러웠을 기억을 애써 떠올리며 멈칫했다.

"그날부터 유모가 이상하게 행동하기 시작했어요. 너무

이상해서 내쫓을 수밖에 없었죠. 맞아요, 이제 기억나는군요. 처음 그녀를 고용했을 때는 무척 상냥하고 다정한 보모 같아 보였죠. 우리는 사내아이를 잘 다룰 뿐만 아니라, 일라이자가 태어나면 밤낮으로 아기를 봐줄 사람이 필요했어요. 그런데 몇 주 지나자 그녀가 구석에서 주눅이 들어 있는 조에게 소리치며 욕을 하더군요. 조가 말썽을 부려 짜증을 낸 거라고도 생각하지만, 심신이 불편했던 이유가 뭐든 우리 아들한테 화풀이하게 놔둘 수는 없었죠. 좌우간 그녀를 내보내고 좀 더 나이 든 분을 고용했어요. 더 노련한 사람으로요. 그분이 사내아이 기운에 쉽게 인내심을 잃지 않길 바랐죠. 얼마 지나보니 안타깝게도 그녀 역시 완벽한 분이 아니었습니다. 행동이 느릿느릿하고 굼떴어요. 한 번도 조를 쫓아가질 못하셨죠. 결국 일라이자를 임신한 상태에서 만삭이 되기 전까지 제가 조를 지치게 하느라 안간힘을 써야 했답니다.

날마다 우리는 조에게 '괴물을 제거'해서 내다 버렸다고 했지만, 아이가 계속 저기 살고 있다며 우기는 거예요. 밤마다 괴물이 발톱으로 얼굴을 쓰다듬어 깨운 다음 집게발로 머리를 잡아 올린다고 계속 말했어요.

그 환자

같은 층에 있는 다른 침실로도 몇 번 옮겨봤지만 소용없었죠. 조를 우리 침실로 데려와 재우기도 하고 자기 전에 진정제를 먹여 보기도 했어요. 약을 먹이면 몇 시간은 편히 자는 것 같더니 새벽녘엔 어김없이 울부짖으며 우리를 깨우더군요. 보다 못한 남편이 조각가를 불러 응접실의 조형물을 만든 거랍니다. 조를 대신해 죽인 척을 해봤지만 역시나 아무런 도움이 되지 않았죠. 심지어 우리는 조가 집 주변에서 벌레를 보고 놀라 그런 악몽을 꾸는 건가 싶어서 해충 방제 전문가를 고용해 매일 집 근처에 있는 벌레를 모두 제거해보기도 했어요. 그 무엇도 소용이 없었어요."

마사가 술을 홀짝였다.

"찰스는 남자애라면 누구나 자주 꾸는 악몽이 있고 귀신 같은 걸 생각한다면서 조도 예외가 아니니 결국 이겨낼 거라고 믿었어요. 이런 일로 정신병원 신세를 졌다가 아이에게 더 큰 상처가 되지 않을까 걱정했어요. 더욱이 그랬다가는 틀림없이 좋은 학교에 들어가는 데 악영향을 미칠 거라 생각했죠. 그런데 9개월쯤 지나자 조의 상태가 악화되기 시작했어요. 아이가 맥이 없었죠. 여섯 살 애도 우울할 수 있다면, 조가 꼭 그랬던 것 같아요. 예전처럼 꿈 얘기를 하지 않았고, 가끔 밤에 흐느끼는 소리만 들리더군요. 하루는 애가 아침을 먹으러 내려왔는데 멍이 들어 있는 거예요. 무슨 자국인지 알아보는 데 며칠이 걸렸죠. 처음에는 친구들이랑 장난을 치다 생긴 줄 알았어요. 그런데 팔에도 긁힌 자국이 위아래로 나 있더군요. 더는 참을 수 없다고 생각해 당장 토머스에게 전화를 걸라고 했죠. 그랬더니 본인이 있는 병원으로 조를 데려오라고 한 거예요."

마사가 남은 술을 마저 마셨다. 그러고는 침착함을 유지하려 애쓰며 말을 멈추고 술병이 있는 쪽으로 다가갔다. 그녀가 등을 돌린 채 다시 잔을 채웠지만, 나는 막지 않았다. 온 힘을 다해 힘겹게 꺼내는 얘기라는 걸 나는 알고 있었다.

"조는 병원에 묵었어요. 하루 이틀 정도였던 것 같은데, 기억이 나지 않는군요. 하지만 조가 집에 돌아왔을 때, 파커, 그 애가 뭔가에 겁먹었었다는 게 믿기지 않으셨을 거예요. 집에 오는 내내 괴물이 더는 무섭지 않다고 신이나 떠들어 댔죠. 이제 난 용감해졌고, 괴물은 자기를 겁주려는 자기 자신일 뿐이라면서요. '저는 제가 무섭지 않아요, 엄마. 그러니 그 녀석을 무서워할 리 없죠! 겁먹은 사람들이

그 환자

사는 성에서 의사 선생님이 그렇게 얘기하셨어요!' 조는 계
속 그런 말을 했어요."

그녀가 씁쓸하게 웃었다.

"그동안 찰스가 아들에게 해왔던 말과 거의 비슷했죠.
'그건 진짜가 아니야, 세상에 괴물 따위는 없어, 네가 상상
하는 거야'라고 남편이 말했었거든요. 아무래도 토머스 영
향인 것 같아요. 굉장히 노련한 의사에게 받은 영향 말이
에요. 어쨌든 그날 밤 조에게 진정제를 주려고 했는데, 아
이가 필요 없을 거라며 고집을 피우더군요. 괴물에게 맞서
이제 무섭지 않다는 걸 말해주고 싶다고 했죠."

술잔을 기울이는 그녀의 손이 가늘게 떨렸다.

"그날도 어김없이 조가 비명을 지르기에 남편과 내가 침
실 앞까지 갔더니 다시 잠잠해지더군요. 아마도 조가 자신
의 공포와 맞서고 있고, 의사가 뭐라 했든 효과가 있다고
봤죠. 그리고 밤새 아무 소리도 내지 않기에 드디어 편히
잠을 자는구나 생각했어요. 그런데 다음 날 아침, 남편과
내가 방에 가보니 조가 구석에 쪼그리고 앉아 있었어요. 아
이는 우리에게 끔찍한 소리를 해대더니 뭔가… 뭔가 음흉
하게 흘겨봤어요. 나를 쳐다보는 그 애의 눈빛을 보니 도

대체 누군지 모르겠더군요. 끔찍했죠. 곧바로 우리는 조를 토머스에게 데려갔습니다.

이렇게 말하는 게 끔찍하게 들릴 테지만, 조가 병원으로 가버리자 구름이 걷히는 것 같았죠. 아마도 무력해지지 않으려는 마음이 간절해 그랬을 뿐이라는 건 알지만 나는… 조에게 일어난 일을 그 애 탓으로 돌렸다는 게 오래전부터 마음에 걸렸어요. 병마를 이겨낼 수 있도록 도와줄 만큼 사랑하지 않았다고 생각하니 괴로웠죠. 그래서 조가… 그렇게 된 거예요."

내 이론을 뒷받침할 정도로 결정적인 얘기는 아니었지만, 그런 암울한 심정까지 자세하게 들으니 얼마나 비극적인 일이었는지 절실히 느껴졌다.

"자책하지 않으셔도 됩니다. 여사님께서는 분명히 아드님을 사랑하고 계시고, 부군께서도 아마 그러셨을 겁니다."

말을 마친 뒤 나는 부드러운 말투로 그녀에게 물었다.

"괜찮으시다면 여쭤보고 싶은 게 있는데, 왜 조가 입원한 뒤로 병문안을 가지 않으셨나요?"

마사가 괴로운 표정을 지어 보였다.

　　　　　　　　　　　　　　　그 환자

"우리도 그러고 싶었답니다, 파커."

그녀가 속삭이듯 조용히 말했다.

"정말이에요. 몇 년 동안 우리 부부의 유일한 소망이었죠. 그런데 토머스가 허락하지 않았어요. 엄마 아빠가 있으면 심란해 할지 모르고, 정서적으로 불안하면 애가 너무 변덕스럽게 변한다고 했죠. 우리는 언제 병원에 가도 괜찮은지 계속 물었고, 결국 토머스가 인내심을 잃고 소리치다시피 말하더군요. 조셉이, 우리 예쁜 조셉이 굉장히 위험한 정신병자라고요. 불안정한 데다 폭력적이라면서요. 우리를 떨어트려 놓음으로써 조셉뿐만 아니라 남편과 나의 안전을 지키는 거라고 했어요. 상황이 나아지면 말해주겠다고 했죠. 수십 년이 지났지만… 그런 일은 일어나지 않았답니다. 결국 우리 부부는 희망을 버렸죠. 내가 보기에 그래서 찰스가…. 그런데 지금 선생님이 오신 거예요."

마사는 절박한 심정을 감추려 애썼지만 상류층의 엄격한 가정교육을 받고 자란 그녀로서도 감당이 되지 않는 듯 감정이 훤히 드러나 보였다.

"마사, 부탁이 하나 있어요. 조를 치료하는 데 도움이 될 수도 있어요."

"좋아요. 뭐든 얘기하세요."

"병원에서는 조가 괴물을 상상이 아닌 자신의 일부로 여겼을 거라고 봅니다. 그 말은 병의 근원을 최대한 알아보고 어떠한 환경적 요인이라도 밝혀낼 필요가 있다는 거예요. 조를 치료할 때 녹음한 테이프를 들어보면 괴물이 벽에서 나왔다고 하더군요. 결례인 줄 알지만 조의 방을 한번 보고 싶습니다. 허락해 주시면 벽에 뭔가 이상한 게 있는지 살펴보고 싶어요. 어쩌면 방제 전문가가 놓친 해충의 흔적을 발견할 수 있을지도 모르고요."

그녀는 곧바로 술잔을 한입에 털어 넣고 일어나 방을 나섰다. 내가 가만히 바라만 보고 있자 그녀가 고개를 홱 돌리며 말했다.

"뭘 기다리세요? 가셔야죠. 저를 따라오세요."

우리는 웅장하고 깔끔하게 가구를 비치해 놓은 집 안을 지나 길게 이어진 층계를 네 개나 올라갔다. 아래층은 90년대를 연상시키는 하드우드 소재 바닥에 고급스러운 회녹색과 황금색으로 꾸며져 있는 반면, 꼭대기 층은 카펫이 깔린 좁은 복도에 70년대에 어울리는 적갈색과 고동색 원목이 드러나 보였다. 조가 떠난 뒤로 그동안 아래층만 보수를 했던 게 아닌가 하는 생각이 들었다.

조의 방은 딱 봐도 꽤 오랫동안 사람이 드나들지 않은 것 같았다. 곳곳에 먼지가 수북이 쌓여 있고 방 안에 있던 낡은 장난감 가운데 일부는 녹이 슬어 있었다. 하지만 분명 겁 많은 아이라도 편안하게 느꼈을 만한 방이었다. 액션 피겨부터 봉제 동물 인형, 방 전체를 지나는 널찍한 기찻길 모형까지 여기저기 장난감이 흩어져 있었다. 벽은 짙은 바다색으로 채색돼 있었는데, 한쪽 벽면에만 거대하고 극사실적인 새빨간 경주용 자동차가 정교하게 그려져 있었다. 구름 모양의 침대에는 베개와 폭신한 이불이 덮여져 있었고, 바닥에는 방 안 색깔과 마찬가지로 마음을 가라앉히는 푸른색 계열의 보드랍고 털이 북슬북슬한 카펫이 깔려 있었다.

마사는 방을 보는 것만으로도 마음이 흔들린 듯 문턱에서 머뭇거렸다. 그녀는 힘겹게 방 안으로 들어오더니 침대 옆 3미터 너비의 벽으로 나를 불렀다. 그녀가 혐오스러워하는 표정으로 벽을 가리켰다.

"여기가 바로 조가 괴물이 나온다고 했던 곳이에요. 물론 절대 불가능하죠. 괴물이 존재한다고 하더라도 여기 숨을 수는 없어요. 이 집의 외벽이거든요. 건너편은 아무것도 없고 야외일 뿐이에요."

마사의 시선이 갈 곳을 잃고 방안을 헤매는 것 같았다. 그녀는 어쩔 줄 모르는 기색을 살짝 비치더니 나를 바라보았다.

"고마워요, 마사."

그녀가 뻣뻣하지만 품위 있게 고개를 끄덕였다.

"문밖으로 나가면 복도에 인터폰이 있어요. 아직 작동하는 듯하니 필요하면 부르세요."

그녀는 미끄러지듯 방을 나가 문을 닫았다.

이제 방을 살펴보는 일만 남아 있었다. 먼저 끝이 없어 보이는 장난감과 소품들부터 조사하기로 했다. 어렴풋이나마 생김새가 벌레 같거나, 벌레와 관련된 소재를 다룬 물건은 확실히 없었다. 특히 아래층에서 조각품 형태로 영생을 얻은 괴수와 모습이 비슷한 건 눈을 씻고 봐도 찾지 못했다. 장난감이 많다는 사실 외에 조의 소지품에서 눈에 띄는 건 없었다. 게임용품이나 책이 70년대 초의 것이긴 해도 부잣집 도련님 방에서 볼 만한 그런 물건들뿐이었다.

다음으로 아이 옷을 꼼꼼히 들여다보며 옷장과 서랍장을 확인했다. 뿌연 먼지가 일어나 흉한 꼴을 당하지 않도록 최대한 조심스럽게 침대도 살폈다. 조가 떠난 뒤로 장소가 전혀 훼손되지 않아 조사에는 도움이 됐지만 중요한 단서는 찾지 못했다.

음, 거의 그랬다. 다만 한 가지가 조금 이상했다. 조의 장난감이 대부분 망가져 있었다. 특히 봉제 동물 인형이 그랬는데, 보통 그런 인형은 아이가 던지거나 당겨도 망가지지 않게 만들 텐데 대다수 인형에 꿰매거나 다시 붙인 흔적이 뚜렷했고, 그렇지 않으면 찢어진 채로 속이 비어져 나와 있었다. 아이가 저지른 일일 수도 있겠지만 그러려면 상상력이 조금 필요해 보였다. 무엇보다 이 방에는 인형을 망가트릴 만큼 날카롭고 튼튼한 물건이 보이지 않았기 때문이다. 게다가 찢어진 부분도 귀나 목, 꼬리처럼 아이가 누르거나 잡아당기기 쉬운 곳이 아니라 배나 등, 얼굴 쪽이다 보니 도대체 누가 또는 무엇이 처음 장난감 속을 갈랐을까 하는 의문이 들었다. 조가 그런 걸까? 아니면 아빠가? 아이의 애장품을 훼손하려는 가학적인 행동인가? 문득 토머스가 했던 말이 떠올랐다. 하지만 증거가 더 필요했다. 나는 벽 자체를 살펴보기로 했다.

언뜻 보기에 벽은 수상한 구석이 별로 없었다. 나는 벽과 침대 사이로 걸어가 벽면을 직접 만지면서 누르거나 주먹으로 두드려 보고, 혹시 물러지거나 떨어져 나간 자국이 있는지 찾아보았다. 벌레나 다른 해충의 흔적이 있는지도 유심히 보았다.

벽에서부터 훑어 내려가면서 바닥과 오래된 침대까지 살펴본 뒤 시선을 다시 옮기려는데… 카펫의 일부가 약간 이상하다는 걸 알아차렸다. 착시 현상이 아닌가 싶어 무릎을 꿇고 침대 밑에 손을 넣자 구김이 느껴졌다. 카펫의 일부가 뜯겼다가 어설프게 제자리에 놓인 걸 알 수 있었다.

나는 뜯긴 자국이 시작되는 곳을 잡아당겼고, 그러자 카펫이 침대보를 젖히는 것처럼 떨어지며 바닥에서 주욱 벗겨졌다. 그제야 나는 침대 아래 바닥이 집안 다른 곳처럼

그 환자

고급 마호가니 재질이 아니라 좀 더 색이 연하고 평범한 목재로 만들어졌으며, 그 위를 카펫으로 가리려 했다는 걸 알게 되었다.

이 얘기를 하는 이유는 목재 색깔이 옅지 않았더라면, 카펫이 벗겨진 자리를 따라 벽까지 길게 이어진 조그만 갈색 얼룩들을 발견하지 못했을 것이기 때문이다. 얼룩의 정체에 대한 의문은 침대 다리 근처에서 단단하고 조그만 조각 몇 개를 발견하면서 풀렸다. 의학적 지식으로 나는 그것이 어린아이의 손톱이라는 걸 한눈에 알아보았다. 아이가 카펫을 꽉 붙잡고 있다가 손톱이 빠졌고, 카펫 역시 찢어지면서 핏자국이 벽까지 남게 된 거였다.

나는 일어서서 한동안 가만히 벽을 바라보다 밖으로 나와 인터폰으로 마사를 불렀다. 그녀가 왔을 때 나는 벗겨 놓은 카펫과 핏자국이 남아 있는 바닥을 보여주며 이 사실을 알고 있었는지 물었다. 카펫이 망가졌는지도 모르고 있던 그녀는 핏자국을 보고 깜짝 놀랐지만 그게 무슨 의미인지는 전혀 알지 못했다. 그녀는 핏자국을 따라가면서 시선을 옮기다가 두려운 듯 벽을 뚫어지게 쳐다보았다.

"마사, 벽 안을 한번 보고 싶습니다. 괜찮을까요?"

"아… 그래요. 뭐가 필요하죠?"

"집에 도끼 있습니까?"

몇 분 후 마사가 복도 끝에 있는 방에서 창가 아래 보관해 둔 상자를 열어 소방용 도끼를 찾았다. 옆에는 나무판에 밧줄을 연결해 만든 구식 비상 사다리가 놓여 있었다. 마사가 내게 도끼를 건넸고, 나는 그녀에게 복도에서 기다리라고 했다. 얼마나 난장판이 될지 모르는 데다 안에서 뭐가 튀어나올지 알 수 없었기 때문이다.

나는 도끼를 움켜쥐고 젖 먹던 힘을 다해 벽을 부수기 시작했다. 회반죽과 졸대가 가로막았지만 예리한 도끼날을 필사적으로 찍어대자 마침내 벽이 뚫렸고, 내벽도 상당 부분 떨어져 나갔다. 그러자 뼛속까지 얼어붙게 하는 참혹한 장면이 드러나면서 내가 이미 미쳐버린 건지, 아니면 이제 막 미치려는 참인지 의아해졌다. 끔찍한 악취가 풍겨 나왔다.

계속해서 벽을 부숴 회반죽과 함께 졸대와 샛기둥 조각들이 거의 다 떨어져 나오자, 45센티미터가량 되는 커다란 석고판이 앞으로 쓰러지며 그 뒤로 조그만 공간이 드러났다. 공간은 조각한 듯 딱 맞게 깎인 나무가 주변을 두르고

그 환자

있었고, 안쪽에는 자그마한 아이의 두개골이 놓여 있었다.

공포에 질린 나는 벽에서 뒷걸음쳤다. 깎아 만든 무덤에 가려 수십 년간 썩은 냄새가 풍겨와 입을 막고 구역질을 참아야 했다. 도무지 믿을 수가 없었다. 내가 맡은 냄새와 눈앞에 펼쳐진 광경은 도저히 현실감이 없었다. 대체 누가 이 단단한 벽의 한가운데를 이렇게 정교하게 파내서 아이의 시신을 숨긴단 말인가. 더구나 이 벽은 내가 방금 도끼로 겨우 부술 정도로 단단했다. 누가 이렇게까지 한단 말인가! 대체 무슨 이유로! 그때 문득 오싹한 기분이 홍수처럼 밀려오며 모든 것이 하나로 연결되었다.

"저는 제가 무섭지 않아요, 엄마. 그러니 그 녀석을 무서워할 리 없죠! 겁먹은 사람들이 사는 성에서 의사 선생님이 그렇게 얘기하셨어요!"

"조의 망상이 계속 변하는 이유를 알아냈지. 누군가 조를 나쁜 말로 새롭게 부를 때마다 망상이 바뀌더군."

"엄마 아빠가 오시면 벽 속으로 돌아가요. 스르르 녹아요. 아이스크림처럼. 그게 벽처럼 보여요."

"다음에 만나면 무섭지 않다고 말할 거예요!"

머릿속에서 폭발하듯 그동안의 생각들이 하나로 모아지던 순간, 나는 정신이 아찔해지며 공포에 질려 비명을 지르고 말았다. 그 순간 나나 로즈나 토머스가 짐작했던 것보다 훨씬 비참한 일이 벌어졌다는 걸 알았기 때문이다.

진짜 조는 병원에서 처음 돌아오던 날 밤 죽었다. 그동안 아이의 공포와 고통을 먹고 살던 괴물은 죽은 아이의 모습을 취해 마음껏 음식을 먹을 수 있는 식당, 우리의 '겁먹은 사람들이 사는 성'으로 향했다. 거기서 아무런 낌새도 눈치 채지 못한 정신과 환자와 의사와 병원 직원들을 30년 넘게 괴롭혔다. 땀 한 방울 흘릴 필요도 없이 오랜 세월 나쁜 생각을 먹으며 몸을 살찌웠다. 우리가 이름 없는 사악한 기생충 같은 놈을 '치료'하려고 할 때마다 새로운 먹잇감을 넣어준 꼴이었다. 이전까지 의학과 과학에 병을 치료하는 궁극적인 힘이 있다고 봤던 믿음은 예상치 못한 발견으로 산산이 깨지고 말았다.

고통스럽긴 했지만 한편으로는 어느 정도 냉철해지는 것 같았다. 마사가 내 비명 소리를 듣고 문을 밀치며 들어

그 환자

왔을 때, 나는 조금 전 파낸 시체의 주인이자 억울하게 살해당한 가엾은 아이의 원한을 풀어줄 방법을 찾아야 한다고 생각했다. 마사는 벽에 난 구멍을 들여다보고도 처음에는 거기 뭐가 있는지 받아들이지 않는 것 같았다. 어리둥절한 표정으로 눈을 커다랗게 뜨고 저주 받은 벽 속에 오랫동안 매장돼 있던 자그마한 유골을 뚫어져라 쳐다볼 뿐이었다.

마침내 그녀가 벽에서 시선을 떼더니 의사인 내게 합리적으로 설명해달라고 애원하는 것 같은 얼굴로 나를 올려다보았다.

"대체 이게 뭐죠?"

나는 명쾌한 답이 떠오르지 않아서 대답 대신 질문을 던졌다.

"여사님, 이 도끼 좀 빌려도 되겠습니까?"

도통 뭐가 뭔지 모르겠다는 표정으로 계속 나를 바라보고 있던 그녀가 천천히 고개를 끄덕였다.

Part 8

소름 끼치는 현장을 발굴한 뒤 몇 시간이 어떻게 흘러갔는지 모르겠다. 어쩔 수 없이 마사에게 경찰을 부르라고는 했지만 그녀는 충격이 너무 심해 정말로 내 말을 듣지 못한 듯 보였다. 어쨌든 나는 그 집을 떠나야 했다. 아들을 되찾을지 모른다는 희망을 짓밟아 버린 데다, 지난 30여 년간 그녀가 병원비를 내고 입원시킨 게 정확히 뭐였느냐는 온갖 불쾌하고 미쳐버릴 것 같은 질문이 쏟아질 테니 말이다. 마사를 앉혀 놓고 심리 상담을 해 줄 게 아니라면 그곳에서 벗어나는 게 상책이라고 판단해, 나는 양해를 구하고 차로 돌아갔다.

손에 도끼를 들고 조의 집을 떠났을 때가 오후 4시 정도였던 것 같다. 나는 즉시 차를 몰아 병원으로 향했다. 가는 도중 '조'임을 자칭하는 놈이 자신이 한 짓을 시인하는 걸 포착하기 위해 병원 근처에 있는 전파상에 들러 주머니에 들어가는 소형 녹음기와 공테이프 하나를 구입했다. 내게 테이프가 있다는 걸 눈치 채지 못하면 놈이 말실수를 할지도 모르고, 그러면 증거를 잡을 수 있을 거라고 생각했다.

5시 45분쯤 병원 앞에 도착한 나는 도끼를 들고 차에서 내리려다가 직원들의 통상적인 근무 절차가 떠올라 그만두었다. 지금 뭔가를 하기에는 주변에 사람이 너무 많을 테고, 괴물을 당장 없애버리고 싶은 마음은 굴뚝같았지만 그렇다고 철창신세를 질 생각은 없었다.

당시 내 목표는 '조'를 죽이는 게 아니라 그에게서 몇 가지 답을 얻어내는 거였다. 조의 정체가 뭐든 간에 아직은 병실에 갇힌 죄수일 뿐이었다. 나는 평소 잘 다니지 않던 길로 사무실에 가 의사 가운을 움켜쥐고 곧장 괴물의 소굴로 향했다. 병실 앞에 도착하자마자 녹음기에 테이프를 넣고 시작 버튼을 누른 다음 가운 주머니에 숨겼다. 그런 뒤 문에 열쇠를 꽂고 세차게 열어젖혔다. 정의감에 불타오른 분노가 알 수 없는 공포의 대상 앞에서 느꼈을 두려움을 압도했다.

내가 방에 들어서자 '조'가 고개를 들었다. 나라는 걸 안 조는 구출 계획이 실패한 이후 아무 일도 없었다는 듯 평상시처럼 비뚜름한 웃음을 지었다. 그러더니 예전에 제정신인 척하며 썼던 것과 똑같은 목소리로 말을 꺼냈다.

"오랜만이군, 선생."

"헛소리 집어치워. 네 정체가 뭐야?"

"내가 뭐냐고? 이야, 정말로 그년한테 속아 넘어간 거야? 내가 말했지, 난 정상인데 그 새끼들이 돈 때문에…"

"멋대로 지껄이지 마! 방금 진짜 조의 집에 다녀오는 길이야. 벽 속에 있던 걸 똑똑히 봤지. 다시 한 번 물을게. 네 놈이 인간이 아니라는 걸 알아. 도대체 정체가 뭐야?"

다음 부분은 기억나는 대로 쓰기가 망설여진다. 나는 정신과에서 권하는 요법을 총동원해 내 기억이 그저 상상일 뿐이라며 수년간 자신을 설득하려고 애써왔다. 그런데도 당시 기억은 지워지지 않고 선명하게 남아있다. 그러므로 그때 잠시 내가 정신이 나갔었다고 생각하는 게 훨씬 마음 편하긴 해도, 내 기억을 믿고 기억하는 그대로의 일들을 털어놓고자 한다.

'조'는 한동안 나를 물끄러미 쳐다보았다. 내가 알고 있다는 건 분명 그 역시 예상하지 못한 전개였다. 그는 자리에서 일어나 내게 양손을 들어 올리며 팔뚝을 드러내 보였다. 그러자 손목에서 상처가 벌어지더니 거짓말처럼 천천히 피부가 벗겨지기 시작했다. 상처 밖으로 흘러내린 건 피가 아니었다. 게걸스럽게 꿈틀대며 쏟아지는 구더기 떼였다. 조의 환한 미소가 점점 커지더니 뺨이 찢어지고 피로 얼룩

진 괴기스러운 웃음으로 변했다. 발밑에는 지독하게 누렇
고 보기 흉한 웅덩이가 생겨났는데 선홍빛 얼룩들이 길게
둥둥 떠 있었다. 이어 조의 다리와 몸통이 늘어나 내 키보
다 높이 솟구치더니 놈이 악마처럼 즐거워하며 나를 빤히
내려다보았다.

자신을 '조'라고 칭하는 놈이 다시 입을 벌리자 드러난
잇몸에서 피가 질질 흘렀다. 놈은 내가 악몽에서 듣던 축
축하고 썩어가는 목소리로 색색거리며 웃었다.

"파커… 우리 아가, 도와다오."

녀석이 어머니의 음성을 일그러뜨려 가증스럽게 흉내 내
며 속삭이듯 말했다.

갑작스레 눈앞에 펼쳐진 광경에 잠시 동안 나는 무서워
서 꼼짝도 할 수 없었다. 내가 좀 더 나약한 사람이었더라
면, 벽 속에서 조그만 유골을 발견하지 못하고 지난 하루
동안 아무것도 알아내지 못했더라면, 누군가 나를 구해줄
때까지 그 상태로 계속 있었을지도 모른다. 혹은 횡설수설
하며 방에서 뛰쳐나와 자진해서 병상에 묶였을지도 모르
겠다. 하지만 살아남은 자로서 오랫동안 죄책감을 느껴왔
고 도덕적 분노가 치밀어 오르던 터라, 그 순간 나는 놈을

그 환자

두려워하는 것이야말로 놈이 바라는 대로 해주는 거라는 사실을 깨달았다. 그럴 수는 없었다. 공포심은 이내 분노로 하얗게 타올랐다. 나는 음흉하게 웃고 있는 놈의 난도질된 얼굴에 침을 뱉었다.

"꺼져! 엄마처럼 말하면 내가 못 덤빌 줄 아나 보군. 거대한 벌레인 척해서 진짜 조를 겁줬던 것처럼 말이야."

아무 대답 없이 놈이 나를 향해 천천히 몸을 기울였다. 찢어진 입에서 피가 더욱 거세게 쏟아졌지만 나는 물러서지 않으려고 안간힘을 썼다. 공격하려는 움직임 같지는 않았다. 녀석은 거미처럼 기다란 한쪽 손을 들어 녹음기가 있는 주머니를 정확하게 눌렀다. 그러더니 다시 피로 축축해진 입으로 웃으면서 짐짓 나무라는 듯 손가락을 좌우로 까딱거렸다. 아무 소용없을 거라는 의미가 분명했다. 한 번더 오싹한 기운이 밀려왔다. 이번에도 무시했지만 아까보다 더 힘이 들었다.

"뭐지 네놈은? 반드시 정체를 알아야겠어."

놈의 턱이 떨어지듯 벌어졌고, 이번에는 음습하고 썩은 목소리로 말을 만들어 냈다.

"넌… 어떻게… 생각… 하지?"

함정이었다. 놈은 내가 새로운 역할을 주길 원했다.

"내 생각에는 털이 보송보송한 새끼 토끼 같은데."

내가 조롱조로 말했다.

"널 보송이라고 불러야 할까 봐."

놈이 다시 쉰 목소리로 추악하게 웃었다.

"넌… 그렇게… 생각… 안 해…"

턱에서 피가 줄줄 흘러내려 놈이 평소보다 오래 멈칫거리며 말했다.

"그럴지도 모르지만, 너한테 역할을 주지는 않을 거야. 네놈 수법을 알거든. 하지만 내가 알고 있는 건 말해주지. 네놈이 조를 죽였어. 죽이고 조 행세를 하고 다녔지."

놈은 대답하지 않고 잠시 그대로 가만히 있었다. 그러더니 피에 흠뻑 젖은 입으로 빙그레 웃고는 동의한다는 듯 고개를 위아래로 끄덕였다. 나는 온몸이 떨리는 걸 애써 참았다.

"왜지?"

내 질문을 진지하게 생각하는 듯 놈이 멈칫했다. 다시 말하려고 녀석이 입을 벌렸을 때 너무 가까워서 나는 하마터면 놈의 고약한 입 냄새에 숨이 막힐 뻔했다.

그 환자

"나… 같은… 건… 될… 기회가… 없었어…."

"인간이?"

내가 공포에 질린 목소리로 나지막이 중얼거렸다. 이번에도 놈은 손가락을 까딱대며 과장되게 아는 체하듯 고개를 저었다.

"먹이가…."

놈은 마지막 단어에 유독 힘을 주어 말했다. 나는 속이 메슥거리는 데도 최대한 무심한 태도로 놈과의 대치 상황에 억지로 맞섰다. 녀석은 나를 비웃고 있었지만, 적어도 솔직했다.

"그런데 왜 여기 있지? 그동안 넌 자유롭게 지낼 수 있었어. 갇혀 지내지 않고 사람들을 괴롭힐 수도 있었잖아. 왜 그렇게 오래 여기서 지낸 거야?"

"먹이가… 되는… 방법을… 몰랐지."

놈이 쉭쉭거렸다.

"여기… 음식… 많아. 여기… 안전해. 여기서… 먹이가… 생각… 하는… 방법을… 배워."

그러더니 손가락으로 자신의 가슴을 쿡 찌른 뒤 나를 가리켰다.

"너… 처럼."

나는 놈이 넌지시 내비친 말에 섬뜩해져 무의식적으로 뒷걸음질했다.

"네놈이 뭐든… 난 너랑 달라!"

엉겁결에 나는 소리를 지르고 말았다. 킬킬거리는 놈의 웃음소리가 귓가에 울려 퍼졌다.

"아니… 너도… 똑같아. 둘 다… 고통을… 먹고… 살지. 넌… 돈을, 난… 먹이를… 얻지."

"닥쳐."

나는 소리치려 했지만, 힘없이 떨리는 목소리가 나왔다.

"널… 도울 수… 있어. 다른… 먹이가… 무서워… 하는 걸… 가르쳐… 줄 수… 있어."

더 이상 버티지 못하고 토할 것만 같아 벽에 기대 서서 숨을 몰아 쉬었다. 나는 계속해서 저항했고 온 힘을 다해 놈에게 맞섰다.

"네놈 속셈이 뭔지 알아. 넌 내가 사람을 구하지 못하는 걸 가장 두려워한다는 것을 알고 있어. 도와준다 해놓고 내가 좌절하는 모습을 지켜보며 고통도 먹으려는 거겠지."

난도질 된 얼굴에서 표정을 찾아볼 수 있겠냐마는, 녀석

그 환자

의 낯빛이 순간적으로 어두워졌다. 하지만 이내 조소를 퍼부었다.

"넌… 상대가… 안 돼. 멍청한… 먹잇감. 구제불능… 이 군."

놈이 흉측하게 쉰 목소리로 지껄였다.

"어리석은 놈. 구제불능은 바로 지금의 너야. 사람들을 겁줘 보려고 말로만 속임수를 부리는 게 고작인데 실패하면 궁지에 몰리지."

"그러면… 날… 죽이는… 게… 어때? 가져와… 도끼. 차에 다녀와. 기대… 되는군."

도끼? 순간 나는 말문이 막혔고 서서히 위협을 느끼기 시작했다. 그때 불현듯 어떤 생각이 떠올라, 조롱하는 놈의 음흉한 미소를 향해 똑같이 웃어 주었다.

"내가 널 죽일 필요는 없지. 여기 있는 사람들에게 널 거들떠보지 말라고 하면 돼. 그게 진짜 널 죽이는 방법이지. 병원에서 이 방에 누구도 들여보내지 않으면 너는 여기서 쫄쫄 굶어 죽게 될 거야. 자, 할 수 있다면 내게서 나쁜 생각을 맘껏 끄집어내 즐겨봐. 이 기생충 새끼야. 그게 네 마지막 식사일 테니까."

내가 돌아서서 나가려 하자 놈이 다시 말하는 소리가 들렸다. 이번에는 평범한 빠르기의 평상시 조의 목소리였다. 그래서인지 놈의 마지막 말이 더욱 귀에 거슬리고 당황스럽게 들렸다.

"선생? 테이프 들어봐. 본인을 위해서라도 뭘 하기 전에 먼저 녹음을 들어. 부탁이야."

무심결에 나는 몸을 돌렸다. '조'가 겁에 질린 표정으로 나를 쳐다보고 있었다. 얼굴과 옷에 흐르던 피와 난도질 된 흔적들은 모두 사라지고, 평범한 환자의 모습으로 돌아와 있었다. 바닥에서 악취도 나지 않아 마치 환영이 걷힌 것만 같았다. 나는 놀라기 전에 얼른 시선을 거두고 돌아서서 문을 쾅 닫고 곧바로 병원을 떠났다.

차로 돌아온 나는 병실에 갖고 들어갔던 녹음기를 꺼내 정지 버튼을 누르고 테이프를 감았다. 그리곤 집으로 차를 몰면서 뭐라도 녹음된 소리를 들어보려고 재생 버튼을 눌렀다. 성과가 있었다고 말하면 좋으련만, 안타깝게도 나는 내가 미치지 않았다는 명백한 증거를 확보하지 못했다. 여러분도 아마 내가 무슨 소리를 들었는지 짐작했을 것이다. 테이프에는 내 목소리, 화를 내며 소리치는 나의 목소

그 환자

리만 선명하게 녹음돼 있었다. 하지만 비웃고 조롱하던 놈의 대답은 어디서도 들리지 않았다. 대신 쉰 목소리로 겁에 질려 애원하는 익숙한 '조'의 목소리만이 남아 있었다.

나는 집에 오자마자 망치로 테이프를 박살내 버렸다. 막막했다. 마지막 희망이었던 증거도 사라진 마당에 내가 알게 된 것을 누구에게 가서 말할 수도 없는 노릇이었다. 증거 없이 녀석은 사실 사람이 아니고, 자신과 소통하는 인간의 공포와 고통을 먹고 사는 괴물이라고 주장해봤자, 다들 내가 미쳤다고 생각할 것이다. 솔직히 말해 나도 내가 제정신인지 확신이 들지 않으니까.

영화에서 보면 보통 이런 얘기는 주인공인 내가 스스로에 대한 의심을 떨쳐내고 조 행세를 하는 괴물에게 돌아가 맞서 싸우다 놈의 대가리에 도끼날을 쑤셔 넣는 등 뭔가 극적인 장면으로 끝이 난다. 분명 이 이야기에 할리우드 스타일의 호러 사이코드라마 같은 순간이 있긴 했지만, 결말은 절대 그렇지 않았다.

그날 밤 나는 병원으로 돌아가지 않았다. 실은 조의 방에 다시 갔는지조차 확실하지 않다. 왜 내가 확실하게 말을 못하겠다고 하냐면… 사실 그게 이 이야기에서 마지막으로 불가사의한 부분이다.

놈을 만난 뒤 집으로 돌아와 보니 조슬린이 나를 기다리고 있었다. 고맙게도 그녀는 곧바로 뭔가 잘못됐고 내가 아직 말할 준비가 되지 않았다는 걸 알아차렸다. 그녀는 말없이 술을 몇 잔 따라주더니 잠이 들 때까지 나를 꼭 안아주었다.

그날 밤 나는 병원으로 돌아가는 꿈을 꿨다. 평소라면 야간에 환하게 불이 켜져 있어야 할 병원이 칠흑 같은 어둠 속에 묻혀 있었다. 꿈이 아니었더라면 어떻게 길을 찾아가야 할지 도무지 알 수 없었을 것이다. 하지만 꿈은 내가 가는 곳을 알고 있는지, 완강한 힘에 이끌려 앞으로 나아가는 기분이 들었다. 나는 정문 대신 남들이 잘 모르는 비상구로 몰래 들어갔고 어찌 된 영문인지 문은 열려 있었다. 보통 때 같았으면 완전히 방향 감각을 잃은 채 어둠 속 계단을 오르다 발을 헛디뎠겠지만, 신기하게도 잘 아는 길처럼 훤히 보여 넘어지지 않았다.

짐작하다시피 내 목적지는 놈이 있는 병실이었다. 그런데 병실로 가는 길이 평상시 같지 않았다. 꿈에서 내가 맨발이었기 때문인지도 모르지만, 바닥이 지나치게 미끈거렸다.

조금 전 청소부가 대걸레로 닦은 것처럼 대부분 젖어 있었다. 하지만 그보다 더 꿈 같은 장면이 이어졌다. 놈의 병실 앞에 이르자 자물쇠가 딸깍거리더니 저절로 문이 열렸다.

소름 끼치게 익숙한 목소리가 킬킬대며 방 안에서부터 울려 퍼졌고, 이어 문틈 사이로 액체가 쏟아져 나오기 시작했다. 마치 밀폐된 수족관 문을 연 것처럼 병실에서 쏟아져 나온 액체는 귀청이 떨어질 만큼 메아리치는 음산한 웃음소리와 함께 급류처럼 복도를 휩쓸고 지나갔다. 어렸을 적부터 악몽에 나오던 피와 오줌과 쇳내가 진동하는 지독한 악취가 액체에서 풍겼다. 꿈에서 다른 일도 더 있었던 것 같지만, 피부에 확 와 닿은 차갑고 축축한 느낌이 너무나 현실 같아 나는 잠에서 번쩍 깼다. 눈을 떠보니 조슬린이 미친 듯이 나를 흔들고 있었고, 자면서 온몸에 땀을 흘렸는지 잠옷이 물에 흠뻑 젖은 걸레 같았다. 어쨌든 지금도 나는 잠옷이 땀에 젖었던 거라고 믿고 있다. 다른 생각은 떠올리기조차 두렵다.

이튿날, 조의 집에서 알게 된 사실을 로즈에게 전하기 위해 병원을 향했다. 병원 앞에는 전기 기술자 차량과 경찰차 몇 대가 세워져 있었다. 나는 뭔가 심상치 않은 일이 벌어진 게 틀림없다 생각했고, 서둘러 꼭대기 층에 있는 병원장실로 올라갔다. 나를 본 직원들과 환자들이 당황한 듯한 모습으로 웅성거렸다.

로즈는 몇몇 직원들과 이야기를 나누고 있었는데, 내가 오자 그들을 내보내고는 단둘이 얘기 나눌 수 있게 나를 안으로 들였다.

"어제 출장에서 무슨 일이 있었는지 알고 싶군요."

그녀의 목소리에서 경계심이 확연히 느껴졌다.

"먼저 알아둘 게 있어요. 어젯밤 2층에 있는 병동 배관이 터진 것 같은데, 근처에 있던 전기 차단기가 물에 잠겼어요. 전기 기사가 와서 고치긴 했지만, 병원 전체가 한 시간 반에서 두 시간가량 정전이었어요. 그리고 정전이 일어난 동안 누군가 병원에 침입해 보안이 철저한 병동 문은 물론이고 조가 있던 병실 문까지 열었죠."

"열다니요? 누가 조를 풀어줬다고요?"

나는 소리를 빽 질렀다.

"범인을 잡았나요? 조는요?"

그 순간 뭔가 해소라도 된 듯 그녀의 표정이 다소 누그러졌다.

"맞아요, 누군가 그랬죠. 범인은 체포하지 못했어요. 안타깝게도 정전 탓에 감시 카메라가 꺼졌거든요. 그리고 조도 잡지 못했어요. 조가 달아났어요."

경찰은 당연히 조를 탈출시킨 용의자로 나를 의심했다. 그날 저녁 6시쯤 내가 조의 병실을 20분 정도 방문한 장면이 감시 카메라에 찍혔고, 로즈로부터 나를 계속 감시하라고 지시 받은 행크 역시 내가 조의 방에 있었으며 환자와 말다툼하는 소리를 들었다고 진술했다. 행크는 방문 유리창으로 병실을 들여다봤지만, 조와 내가 서로를 해칠 것 같지 않아 안심했다고 한다. 아무래도 행크는 조가 변신한 모습을 보지 못했던 것 같다. 아울러 그 전날 내가 조의 탈출을 도우려 했던 것 같다는 브루스의 진술도 있었다. 하지만 조슬린이 사건이 일어난 밤에 나와 함께 잠자리에 들었다며 알리바이를 입증해 주었고, 훨씬 뒤에 알게 된 사실이지만 로즈 역시 나를 위해 진술에 나서서 앞선 '탈출' 시도 때 보인 내 행동은 환자의 반응을 살펴보려는 거였다고 해명해 주었다. 그리하여 나는 얼마 되지 않아 용의 선상에서 제외됐다.

그날 로즈와 나누던 대화는 그녀의 스승인 토머스에게 뭔가 문제가 생겼다는 소식을 접하고 중단되었다. 그녀가 갑작스레 떠나는 바람에 나는 조의 침실에서 유골을 발견 했다고 미처 말하지 못했다. 게다가 같은 날 저녁에 괴물에게 맞서 내가 도달한 결론이 사실임을 입증했지만 도저히 쓸 수 없는 녹취 증거만 남았다는 얘기도 하지 못했다. 아무튼 그날 이후 로즈는 슬픔에 잠겨 몇 주간 병원 일에서 손을 뗐다. 듣자하니 토머스는 자택에서 심장마비로 죽었다는 것 같다. 이튿날 아침 부엌 바닥에 대자로 뻗어 있는 걸 가정부가 발견했는데, 경찰은 그가 극심한 통증을 느끼며 고통스럽게 죽었을 거라 보고 있다. 의자는 쓰러져 있었고, 시체 옆에는 컵인지 찻잔인지가 박살 난 채 토머스가 검토하고 있던 서류들과 함께 흩어져 있었다고 한다.

나는 그 후로도 로즈를 여러 번 찾아가 이야기를 나누려 했지만, 어찌 된 일인지 두 번 다시 그녀와 얘기를 나눌 기회를 가지지 못했다.

일주일 정도 지나서 나는 조가 떠난 뒤로 이상하게 낙천

적이고 활기차게 변한 브루스를 통해 병원장의 전갈을 받았다. 우리 둘은 위치가 뒤바뀐 것 같았다. 나는 주변에서 온통 피해를 당하자 가치 있는 일을 한 건지 확신이 없어 당황스럽고 기운이 빠진 반면, 브루스는 새로운 활력을 얻어 생기가 넘쳤다. 어쨌든 그가 더 이상 폭언을 하지는 않아서 나는 침착하게 변화를 받아들였다. 브루스가 전해준 로즈의 전갈은 조의 어머니인 마사가 자살했다는 내용이었다. 그녀는 토머스가 죽은 지 이틀 혹은 사흘 후 정원사에게 발견됐다. 아들의 침실 창문에서 뛰어내렸는지, 욕실이나 침실에서 발견됐는지 별다른 언급은 없었다. 벽에 판 구덩이나 어린 아들의 유골에 관한 얘기도 없었다. 나는 그걸 어떻게 받아들여야 할지 몰랐고, 그 뒤로 로즈를 만나지 못해 물어볼 수도 없었다.

이후 2주가 채 지나지 않아 병원은 어느 정도 정상화됐지만 나는 두려움과 걱정에 빠져 있었다. 경력상 조를 치료하고 탈 없이 돌아온 유일한 의사로 기록되더라도 나는 최악의 실패자였다. 그리고 또 다른 재앙이 다가왔다.

악마 같은 놈이 사라진 지 보름쯤 후에 나는 캠퍼스 경찰이 잠을 깨워 대학 병원에 갔고, 그곳에서 멍들고 피투

성이가 된 조슬린을 발견했다. 그녀를 본 순간 나는 모든 게 잘못됐다는 걸 알았다. 평소 맑고 반짝이던 눈망울은 생기를 잃고 흐리멍덩했으며, 머리는 헝클어져 엉망이었다. 표정 역시 몹시 불안정하고 흥분한 듯 보여 소스라치게 놀랐다.

경찰은 그날 저녁 조슬린이 도서관을 나온 뒤 폭행을 당했다고 설명했다. 폭행범에 관해 물었을 때 그녀는 덥수룩한 금발에 눈빛이 멍하고 호리호리한 남자였다고 말했다. 나는 녀석이 왠지 나를 따라 도시로 들어왔다는 생각밖에 할 수가 없었다. 그 얘기를 들은 나는 무너지지 않으려고 안간힘을 썼다. 인생의 소중한 존재였던 어머니가 방치돼 파멸해 가는 모습을 목격한 뒤 의학을 시작한 나였다. 그러니 어떻게 내가 또 한 명의 소중한 사람을 돌보지 않고 방치해 똑같이 망가지게 놔둘 수 있겠는가? 생각만 해도 괴로운 일이었다. 조슬린을 가슴 깊이 사랑한 데다, 그렇게 원시적이고 돌이킬 수 없는 방법으로 상처 입은 그녀를 보기 고통스러워 더욱 그랬다. 조슬린이 심하게 다쳐 병원 치료를 받을 필요가 없었더라면, 이 모든 게 내 탓이라 자책하며 그 즉시 그녀에게서, 뉴잉글랜드에서, 내 인생

그 환자

에서 도망쳤을 것이다. 정신 나간 소리처럼 들릴 거라는 걸 알지만, 그 당시에 나는 감정적으로 엉망이었다.

내가 의도치 않게 조슬린과 세상에 위험을 끼쳤을 거란 사실을 한시도 부인할 수 없었고, 모든 게 완전히 무분별한 행동이었다는 것도 끔찍했다. 하지만 여전히 풀리지 않는 의문이 남아 있었다. 녀석이 우리 병원에서 정신적으로 피폐한 이들에 둘러싸여 갇혀 지내길 원한다고 생각했었는데, 그럼 왜 이제 와서 탈출한 거지? 수십 년간 놈은 병동에서 편안히 살아왔고 내가 위협을 가해도 쉽게 무력화했다. 그런데 왜 밖으로 나가 위험을 자초하는 걸까?

괴롭지만 놈과 내가 마지막에 나눴던 대화를 곱씹어보았다. 탈출하지 않고 병원에 계속 있는 이유를 물었을 때 녀석은 '먹이가 되는 방법을 몰랐다'고 했다. 말하자면 조 외에 다른 인간이 되는 방법을 몰랐다는 뜻이다. 그러면서 '보송보송한 새끼 토끼' 같다고 놀린 말에 반응하여 모습을 바꾸지도 않았는데, 내가 '그렇게 생각하지 않기' 때문이라고 했다. 그러므로 내가 내릴 수 있는 결론은 딱 하나다.

병원 관계자 모두가 놈을 사람이라고 믿고 있었기에 그 괴물은 사람들의 사고 내에서 행동할 수밖에 없었을 것이

다. 실제로 환자 한 명이 '괴물 새끼'라고 불렀지만 녀석은
상대의 말이 비유이지, 문자 그대로의 의미가 아니란 걸 알
았던 모양이다. 그 환자가 놈을 사람으로 생각하고 있으
니, 괴물은 여전히 사람의 형태에 묶여 있었다. 누군가 나서
서 고정관념을 깨주지 않는 이상, 놈은 조의 껍질 안에 갇
혀 있을 수밖에 없었을 것이다.

그런데 그때 내가 하필 놈에게 나타나 인간이 아니라는
걸 안다고 말했을 뿐만 아니라, 실제 그렇게 믿고 있었다.
그 말은 놈이 괴물이든, 인간이든, 꿈에서 봤던 피와 오줌
이 섞인 물살이든 가장 효과적인 모습을 취할 수 있게 내
가 풀어 줬다는 소리였다. 그러니 더 이상 우리 병원을 안식
처로서 의지할 필요가 없었다.

그때나 지금이나 여기까지가 내가 생각하는 놈의 탈출
이유이다. 아쉽게도 사실 여부를 증명할 방법은 없을 것 같
다. 그러니 앞으로도 나는 양심에 가책을 느끼며 살게 될
것이다. 영원히.

그 환자

에필로그

그 후에는 어떻게 되었냐고? 글을 마무리하기 전에 우리가 지금 어디에 있고, 그동안 내가 세상에 저지른 실수를 만회해 보려고 어떤 노력을 기울여왔는지 알려주고 싶다.

조슬린은 폭행 사건으로 지울 수 없는 상처를 입었다. 이틀 정도 병원에서 보낸 뒤 집으로 돌아와 추가 회복기도 가졌지만, 결국 급격한 우울증에 빠지고 말았다. 그녀가 박사 학위를 마칠 마음이 없다며 고집을 부리기 시작하더니 급기야 내 앞에서 자신의 컴퓨터와 백업 디스크들을 박살냈을 때, 나는 그녀에게 그곳을 떠나자고 했다. 그녀와 나는 우리만의 탈출구가 필요했다. 그렇게 조슬린은 박사 과정을 포기했고, 나는 개인 병원을 차리기로 했다. 의과대학과 레지던트 시절 인연을 맺었던 사람들이 우리가 삶의 터전을 옮길 수 있게 도와주었다. 원래 살던 지역을 떠난 건 맞지만 어디에 정착했는지는 밝히고 싶지 않다.

트라우마는 사람을 변화시킨다. 우리는 결코 사건 이전으로 돌아갈 수 없었지만 변함없이 사랑했고 일 년 반 정도 지나 결혼했다. 우리 가슴속에 새겨진 상처는 그대로 남아있고, 조슬린은 여전히 우울증과 싸우고 있는 것으로 보인다. 그녀는 내게 행복한 모습을 보여주려 노력하지만 전과 달리 집 안에 틀어박혀 있는 걸 좋아하고 친구를 사귀는 데도 관심이 없다. 그러면서 자기에게는 나만 있으면 된다고 말한다. 아직까지도 날마다 우리는 서로를 새롭게 알아가는 중이다.

나로서는 매번 좀 더 의미 있는 일로 세상에 기여할 필요가 있었다. 어쩌면 조슬린처럼 부유한 가정에서 곱게 자라지 않은 탓일 수도 있고, 이 이야기에서 내 몫에 대한 책임을 지고 있다는 걸 알기 때문인지도 모르겠다. 어쨌든 평생 속죄하는 삶을 살아갈 생각이다. 이를 위해 나는 내 생의 최악의 환자로부터 얻은 지식을 최대한 활용해 편집증적 망상이나 공포증을 겪는 어린이를 전문적으로 치료하는 개인 병원을 열었다.

우리 병원을 찾는 아이들 중에는 지극히 일반적인 환자가 있는 반면, 부모가 유산한 딸의 혼령이 자신에게 붙어 있다고 생각해 감응성 정신병에 걸려 온 남자애도 있었다. 간혹 조처럼 괴물이 잠을 자게 놔두지 않는다고 말하는 아이들도 있다. 괴물이 벽에서 나온다 하기도 하고, 옷장이나 침대에서 나온다고 말하는 아이도 있다. 하지만 어디서

그 환자

나오든 괴물은 항상 아이들이 제일 무서워하는 존재다. 다만 가끔 나조차도 밤잠을 설치게 하는 경우가 있다. 몇몇 괴물들은 아이들을 못살게 굴면서 자신이 괴물로 변한 아이일 뿐이며 똑같은 사람이니 '자유롭게' 해달라고 부탁한다. 어떤 때는 그런 애들이 정말 나한테 도움을 청하러 온 건지, 진짜 아이인지도 불확실하다. 어쩌면 조와 비슷한 괴물들이 그들의 정체가 무엇이고 막을 방법을 알고 있을 유일한 사람에게 고소하다는 듯 자신들의 소행을 과시하는 것일지도 모르겠다. 때로는 겁먹은 아이의 순진한 듯한 눈 뒤에서 나를 보며 비웃고 있다는 생각이 든다.

하지만 아이들이 내게 와 밤마다 공포에 떠는 사연을 말하는 까닭이 뭐든, 그런 절박하고 무방비 상태인 철부지들과 가족들이야말로 내가 의학에 몸담고 도우려는 사람들이다. 다른 의사와 달리 나는 무엇을 잃을 수 있는지 알고 있기 때문이다. 어쩌면 나도 망상에 사로잡힌 건지 모르지만, 놈이 했던 말을 똑똑히 기억한다. '나 같은 것은 먹이가 될 기회가 없었다'라며 놈이 얼마나 우쭐했는지 떠올려 보면, 함축된 의미에 몸서리가 쳐진다. 그 뜻이 무엇인지 잘 아니까.

지금까지 이 이야기를 많은 사람들에게 알리고 싶었지만 아무도 들어주지 않았다. 오직 조슬린만이 내 말을 전부 믿어 주었다. 그녀는 내가 이 이야기를 믿어줄 만한 사람들에게 털어놓기를 몹시 바라왔고, 어찌나 끈질기던지 가끔은 마치 이 이야기를 알리는 데에 굶주린 사람처럼 느껴졌다. 한번 좌절을 겪었던 나는 최근까지 매번 싫다고만 했다. 하지만 불과 몇 달 전 조슬린이 아이를 가졌다. 그녀는 한 번 더 이 이야기를 게시하기를 부탁하며 기막힌 이유를 갖다 댔다.

"당신이 얼마나 좋은 사람인지 기억하면 좋겠어요, 파커. 그런 일들을 당하고도 당신과 함께 있어 이렇게 행복하다는 것도요. 당신은 잘 모를 거예요. 하지만 본인이 좋은 사람인지 모르면, 어떻게 우리 애들한테 좋은 아빠가 될 거라고 자신할 수 있겠어요? 혹시 알아요? 이 이야기를 털어놓으면 자신을 용서할 수 있을지요. 진실은 언젠가 밝혀져요. 그때까지 우린 우리가 믿는 진실에 대해 계속해서 이야기해야 해요."

조슬린의 말을 들으며 나는 힘든 시련 이후 그녀가 짓게 된 비뚜름한 미소 뒤로 내가 예전에 사랑에 빠졌던 그

그 환자

여인의 모습을 언뜻 보았다. 순간적으로 그 여인을 알아본 나는 더 이상 그녀의 청을 거절할 수 없었다.

그래서 여기 이렇게 자판을 두드리며 여러분이 내 이야기를 믿어 주기를 간절히 바라고 있다. 아니, 솔직히 이제는 믿지 않아도 괜찮다. 나 자신도 이 이야기를 믿고 있는 건지, 아니면 심각한 정신병을 잠시 앓았던 건지 잘 모르겠으니까. 하지만 여러분이 만약 부모나 정신과 의사이고, 누군가 조와 같은 이야기를 하고 있다면, 나는 의사로서 그리고 보편적 인간성을 지닌 한 사람으로서 이렇게 경고해야 할 것 같다.

무슨 일이 있어도 괴물을 본다는 아이에게 너의 상상일 뿐이라고 말하지 마라. 지금까지 한 이야기가 조금이라도 사실이라면 여러분이 아이의 무덤을 파는 걸지도 모르니까.

그동안 읽어줘서 고맙다.

파커

감사의 글

남들 눈에 비치는 부족한 내 모습이 아닌

내 안에서 최고의 나를 보는 법을 알려준

로이에게

먼저 호턴 미플린 하코트Houghton
Mifflin Harcourt(HMH) 북스 앤 미디어의 제이미 레빈에게 감
사드린다. 그녀는 편집자로서의 재능을 이 책에 온전히 쏟
아주었고, 나는 그녀가 작품을 더없이 예리하게 다듬고 어
두운 분위기를 살리리란 걸 알고 전적으로 신뢰할 수 있었
다. 정신과 업무에 관련해 열의에 찬 아마추어의 수많은 질
문에도 침착하게 답변해준 해리슨 레빈 선생님께도 감사
의 말을 전한다. 소설 속 오류들은 전부 내 탓이거나 조의
얘기를 풀어가는 데 필요했다. HMH 편집국장인 케이티 키
머러와 편집자 로라 브래디에게도 고맙다고 말하고 싶다.
아울러 집필 과정에 필요한 기본기를 가르쳐 준 웨스트체
스터 출판 서비스Westchester Publishing Services의 웬디 무
토에게도 감사를 표한다.

갑작스럽게 넘쳐나는 이메일을 전문가다운 솜씨로 처리
해준 HMH의 홍보 담당 미셸 트라이언트를 비롯해, 마케
팅 담당 해나 할로, 발행인 브루스 니컬스, 편집장 헬렌 아
츠마, 편집 보조 파리자 호크, 토미 해런과 오디오 팀, 에
드 스페이드와 콜린 머피와 영업부서 전 직원에게도 감사
드린다. 엘런 아처 대표님, 로리 글레이저 홍보부장님, 맷

슈바이처 마케팅부장님, 베키 사이키아-윌슨 부발행인님, 질 레이저 제작부장님, 제작 관리자 킴벌리 키퍼, 디자인 담당 에밀리 스나이더, 미술부 국장 크리스토퍼 모이산에게도 감사드린다. 마지막으로 이 책의 표지를 폐쇄 공포증과 불안감이 절묘하게 느껴지도록 디자인해준 마크 로빈슨에게 고맙다는 인사를 전한다.

내가 그럴 만한 사람인지 생각하기도 전에 내게 모험을 걸어준 스트라이드 매니지먼트Stride Management의 매니저 조시 도브, 할리우드라는 데일 듯 뜨거운 눈부신 빛 속으로 나를 입성시켜준 윌리엄 모리스 인데버William Morris Endeavor(WME)의 TV영화 에이전트 홀리 지터, 문단에서 나의 창작 활동을 수호자처럼 지켜주는 지적재산 그룹 Intellectual Property Group의 작가 대리인 조엘 고틀러에게도 감사하다. WME에서 나를 대신해 쉬지 않고 협상하고 할리우드의 까다로운 법체계에 의연히 대처해준 보 레빈슨과 준 호턴에게도 고맙다. 나의 이야기를 영화로 제작하기로 해 내 인생을 완전히 바꿔놓은 라이언 레이놀즈와 로이 리에게도 감사하다는 말을 전한다.

등장인물에 영감을 주고 글 쓰는 데 도움을 준 분들도

그 환자

빼놓을 수 없다. 특히 처음으로 내가 소설을 쓰게끔 가장 먼저 부추긴 던전 앤 드래곤 그룹Dungeons&Dragons group(누군지 아실 거다)에 고마움을 표한다. 주인공 이름을 짓는 데 도와준 매케나에게도 감사하다. 유년시절 내가 상상력을 잃지 않게 해주고 상상의 나래를 펼칠 때도 언제나 내 말을 믿어준 어머니께 감사드린다. 함께 계셨으면 좋았을 아버지 스티븐에게도 고맙다는 말을 전하고 싶다. 내가 작가로서의 기량을 믿고 연마해 나가도록 끈질기게 몰아붙여준 소피에게도 고맙다. 이 얘기를 세상에 내놓을 생각도 하지 않던 시기에 내가 처음 4장까지 쓰는 동안 무한 리필 아이스커피를 제공해 준 아이홉IHOP에도 신세를 졌다.

끝으로 2015년 겨울 첫선을 보였을 때 내 이야기에 추천을 눌러준 레딧Reddit 사용자 모두에게 고마움을 전하고 싶다. 여러분이 없었다면 이 소설은 절대 완성되지 못했을 것이다. 여러분이 없었다면 이 소설은 오늘날처럼 빛을 보지 못했을 것이다. 여러분이 없었다면 나는 다른 사람이 되었을 것이다. 진심으로 여러분께 감사드린다.

The PATIENT

초판 1쇄 발행 2020년 08월 12일
초판 11쇄 발행 2022년 08월 17일

지은이   재스퍼 드윗 Jasper DeWitt
옮긴이   서은원
편집   김은지
디자인   이수빈

펴낸 곳   주식회사 해와달콘텐츠그룹
브랜드   시월이일
출판등록 2019년 5월 9일 제 2020-000272호
주소   서울특별시 마포구 양화로 183, 311호(동교동)
E-mail   info@hwdbooks.com

ISBN   979-11-967569-4-9